青年烦闷的
解救法

宗白华 著

北京时代华文书局

图书在版编目（CIP）数据

青年烦闷的解救法 / 宗白华著. — 北京：北京时代华文书局，2022.9
ISBN 978-7-5699-4571-3

Ⅰ.①青… Ⅱ.①宗… Ⅲ.①散文集－中国－当代 Ⅳ.①I267

中国版本图书馆CIP数据核字(2022)第047186号

拼音书名｜Qingnian Fanmen de Jiejiu Fa

出 版 人｜陈　涛
选题策划｜徐小凤
责任编辑｜周海燕
责任校对｜薛　治
封面设计｜陆宣其
内文设计｜贾静洁
责任印制｜訾　敬

出版发行｜北京时代华文书局 http://www.bjsdsj.com.cn
　　　　　北京市东城区安定门外大街138号皇城国际大厦A座8层
　　　　　邮编：100011　电话：010-64263661　64261528

印　　刷｜三河市兴博印务有限公司　0316-5166530
　　　　　（如发现印装质量问题，请与印刷厂联系调换）

开　　本｜880 mm×1230 mm　1/32　印　张｜8　字　数｜160千字
版　　次｜2022年11月第1版　　　　　印　次｜2022年11月第1次印刷
成品尺寸｜145 mm×210 mm
定　　价｜52.00元

版权所有，侵权必究

目录 | CONTENTS

序言

第一章 | 唯美的眼光

我和诗 | 004

我和艺术 | 014

艺术生活——艺术生活与同情 | 017

美学的散步（一） | 022

美从何处寻？ | 037

关于美学研究的几点意见 | 048

谈技术美学 | 056

漫话中国美学 | 059

介绍两本关于中国画学的书并论中国的绘画 | 064

论《世说新语》和晋人的美 | 072

中国古代的音乐寓言与音乐思想 | 097

第二章 | **研究的态度**

新人生观问题的我见 | 124
悲剧的与幽默的人生态度 | 130
怎样使我们生活丰富？ | 133
"实验主义"与"科学的生活" | 138
看了罗丹雕刻以后 | 141
学者的态度和精神 | 150
中国文化的美丽精神往哪里去？ | 152
歌德之人生启示 | 157
清谈与析理 | 191

第三章 | 积极的工作

少年中国学会回忆点滴　　　　　　　| 200
中国青年的奋斗生活与创造生活　　　| 203
读书与自动的研究　　　　　　　　　| 222
读柏格森"创化论"杂感　　　　　　| 226
团山堡读画记　　　　　　　　　　　| 231
关于"表现自我"的答记者问　　　　| 235
我对于新杂志界的希望　　　　　　　| 238
歌德、席勒订交时两封讨论艺术家使命的信 | 241

序言[1]

现在中国有许多的青年,实处于一种很可注意的状态,就是对于旧学术、旧思想、旧信条都已失去了信仰,而新学术、新思想、新信条还没有获着,心界中突然产生了一种空虚,思想情绪没有着落,行为举措没有标准,搔首踟躇,不知怎么才好,这就是普通所谓"青年的烦闷"。

这种青年烦闷的状态,以及由此状态产生的现象,如一方面对于一切怀疑,力求破坏。他方面,又对于一切武断,急求建设。思想没有定着,感情易于摇动,以及自杀逃走等的事实,这本是向来"黎明运动"所常附带的现象,将来自然会趋于稳健创造的一途,为中国文化开一新纪元,就着过去历史上看来,本是很可

---

[1] 原文章名为《青年烦闷的解救法》,原文刊载于《解放与改造》第2卷第6期(1920年3月15日)。——编者注

喜的现象。但是，我们自己既遇着这种时期，陷入这种状态，就不得不自谋解救的方法，以求早入稳健创造的境地。

这解救的方法，本也不少。譬如，建立新人生观、新信条等类。但这都还嫌纡远了一点。须有科学哲学的精神研究，不是一时可以普遍的。我们现在须要筹出几种"具体的方法"，将这方法传播给烦闷的青年，待他们自己应用这种方法去解救他们的苦闷。我现在本着我一时的观察，想了几条方法，写出来引动大众的讨论，希望还得着更周密完备的计划，以解决这青年烦闷的问题，则中国解放运动的前途，可以免了许多的危险和牺牲了。

一、唯美的眼光

唯美的眼光，就是我们把世界上、社会上各种现象，无论美的、丑的、可恶的、龌龊的、伟丽的自然生活，以及鄙俗的社会生活，都把它当作一种艺术品看待——艺术品中本有表写丑恶的现象的——因为我们观览一个艺术品的时候，小己的哀乐烦闷都已停止了，心中就得着一种安慰、一种宁静、一种精神界的愉悦。我们若把社会上可恶的事件当作一个艺术品观，我们的厌恶心就淡了；我们对于一种烦闷的事件做艺术的观察，我们的烦闷也就消了。所以，古时悲观的哲学家，就把人世看作一半是"悲剧"，一半是"滑稽剧"，这虽是他悲观的人生观，但也正是他的艺术的眼光，为他自己解嘲。但我们不必做这种消极的、悲观的人生观。我们要持纯粹的唯美主义，在一切丑的现象中看出它的美来，在一切无秩序的现象中看出它的秩序来，以减少我们厌恶烦恼的心思，排遣我们烦闷无聊的生活。

这还是消极的一方面说。积极的方面，也还有许多的好处：

（一）我们时常做艺术的观察，又常同艺术接近，我们就会渐渐地得着一种超小己的艺术人生观。这种艺术人生观就是把"人生生活"当作一种"艺术"看待，使它优美、丰富、有条理、有意义。总之，就是把我们的一生生活，当作一个艺术品似的创造。这种"艺术式的人生"，也同一个艺术品一样，是个很有价值、有意义的人生。有人说，诗人歌德（Goethe）的人生，比他的诗还有价值，就是因为他的人生同一个高等艺术品一样，是很优美、很丰富、有意义、有价值的。

（二）我们持了唯美主义的人生观，消极方面可以减少小己的烦闷和痛苦，而积极的方面，又可以替社会提倡艺术的教育和艺术的创造。艺术教育，可以高尚社会人民的人格。艺术品是人类高等精神文化的表示，这两种的贡献，也就不算小的了。总之，唯美主义，或艺术的人生观，可算得青年烦闷解救法之一种。

二、研究的态度

怎样叫作研究的态度？当我们遇着一个困难或烦闷的事情的时候，我们不要就计较它对于切己的利害，以致引起感情的刺激、神经的昏乱，而平心静气，用研究的眼光，分析这事的原委、因果和真相，知这事有它的远因、近因，才会产生这不得不然的结果，我们对于这切己重大的事，就会同科学家对于一个自然对象一样，只有支配处置的手续，没有烦闷喜怒的感情了。

譬如现在的青年，对于社会上窳败的制度、政治上不良的现象，都用这种研究眼光去考察，不做一时的感情冲动，知道现在社会的黑暗罪恶是千百年来积渐而成，我们对它只当细筹改造的方法，不当抱盲目的悲观或过激的愿望，那时，青年因政治社会而生的烦闷，一定可以减去不少。因这客观研究事实是不含痛苦的，是排遣烦闷的，而同时于事实上有极大的利益。

所以，研究的眼光和客观的观察，也是青年烦闷解救法的一种。

三、积极的工作

我们人生的生活，本来就是"工作"。无工作的人生，是极无聊赖的人生，是极烦闷的人生。有许多青年的烦闷，就是为着没有正当适宜的工作而产生的。试看那些资本家的子弟，终日游荡，没有一个一定的工作，虽是生活无虑，总是烦闷得很，无聊得很，终日汲汲地寻找消遣排闷的方法。所以，我以为，正当的积极的"工作"，是青年解救烦闷与痛苦的最好方法。青年最危险的时候，就是完全没有工作的时候。这时候，最容易发生幻想、烦闷、悲观、无聊。

至于工作，有精神的、肉体的。这两种中任择一种，就可以解除青年的烦闷。但是，做精神工作的，不可不当附带做点肉体的工作，以维持他的健康。

以上是我一时的感想，粗略得很。不过想借此引起诸君对于这黎明运动时代青年最易发生烦闷的问题，稍稍注意，商量个周密的解救办法。

唯美的眼光

第一章

唯美的眼光

我们把世界上、社会上各种现象，无论美的、丑的、可恶的、龌龊的、伟丽的自然生活，以及鄙俗的社会生活，都把它当作一种艺术品看待——艺术品中本有表写丑恶的现象的——因为我们观览一个艺术品的时候，小己的哀乐烦闷都已停止了，心中就得着一种安慰、一种宁静、一种精神界的愉悦。

我和诗 [1]

我的写诗,确是一件偶然的事。记得我在同郭沫若的通信里曾说过:"我们心中不可没有诗意、诗境,但却不必定要作诗。"这两句话曾引起他一大篇的名论,说诗是写出的,不是作出的。他这话我自然是同意的。我也正是因为不愿受诗的形式推敲的束缚,所以说不必定要作诗。[2]

然而我后来的写诗却也不完全是偶然的事。回想我幼年时有一些性情的特点,是和后来的写诗不能说没有关系的。

我小时候虽然好玩耍,不念书,但对于山水风景的酷爱是发乎自然的。天空的白云和复成桥畔的垂柳,是我孩心最亲密的伴侣。

---

[1] 此文章写于1923年,后刊载于《文学》第8卷第1期(1937年1月1日)。——编者注

[2] 见《三叶集》。——原注

第一章 唯美的眼光

我喜欢一个人坐在水边石上看天上白云的变幻,心里浮着幼稚的幻想。云的许多不同的形象动态,早晚风色中各式各样的风格,是我童心里独自玩耍的对象。都市里没有好风景,天上的流云,常时幻出海岛沙洲、峰峦湖沼。我有一天私自就云的各样境界,分别汉代的云、唐代的云、抒情的云、戏剧的云等,很想做一个"云谱"。

风烟清寂的郊外,清凉山、扫叶楼、雨花台、莫愁湖是我同几个小伙伴每星期日步行游玩的目标。我记得当时的小文里有"拾石雨花,寻诗扫叶"的句子。湖山的情景在我的童心里有着莫大的势力。一种罗曼蒂克的、遥远的情思引着我在森林里、落日的晚霞里、远寺的钟声里有所追寻,一种无名的、隔世的相思,鼓荡着一股心神不安的情调;尤其是在夜里,独自睡在床上,顶爱听那远远的箫笛声,那时心中有一缕说不出的深切的、凄凉的感觉,和说不出的幸福的感觉结合在一起;我仿佛和那窗外的月光、雾光融化为一,飘浮在树杪林间,随着箫声、笛声孤寂而远引——这时我的心最快乐。

十三四岁的时候,小小的心里已经筑起一个自己的世界;家里人说我少年老成,其实我并没念过什么书,也不爱念书,诗是更没有听过、读过;只是好幻想,有自己的奇异的梦与情感。

十七岁一场大病之后,我扶着弱体到青岛去求学,病后的神经特别灵敏,青岛海风吹醒我心灵的成年。世界是美丽的,生命是壮阔的，海是世界和生命的象征。这时我欢喜海，就像我以前欢喜云。我喜欢月夜的海、星夜的海、狂风怒涛的海、清晨晓雾的海、落照里几点遥远的白帆掩映着一望无尽的金碧的海。有时崖边独坐，柔波软语，絮絮如诉衷曲。我爱它，我懂它，就同人懂得他爱人的灵魂、每一个微茫的动作一样。

  青岛的半年没读过一首诗，没有写过一首诗，然而那生活却是诗，是我生命里最富于诗境的一段。青年的心襟时时像春天的天空，晴朗愉快，没有一点尘滓，俯瞰着波涛万状的大海，而自守着明爽的天真。那年夏天我从青岛回到上海，住在我的外祖父方老诗人家里。每天早晨在小花园里，听老人高声唱诗，声调沉郁苍凉，非常动人，我偷偷一看，是一部《剑南诗钞》，于是我跑到书店里也买了一部回来。这是我生平第一次翻读诗集，但是没有读多少就丢开了。那时的心情，还不宜读放翁的诗。秋天我转学进了上海同济，同房间里一位朋友，很信佛，常常盘坐在床上朗诵《华严经》，音调高朗清远有出世之概，我很感动。我欢喜躺在床上瞑目静听他歌唱的词句，《华严经》词句的优美，引起我读它的兴趣。而那庄严伟大的佛理境界投合我心里潜在的哲学的冥想，我对哲学的研究是从这里开始的。庄子、康德、叔本华、歌德相继地在我的心灵的天空出现，每一个都在我的精神人格上留下不可磨灭的印痕。"拿叔本华的眼睛看世界，拿歌德的精神做人"，是我那时的口号。

有一天我在书店里偶然买了一部日本版的小字的王、孟诗集，回来翻阅一遍，心里有无限的喜悦。他们的诗境，正合我的情味，尤其是王摩诘的清丽淡远，很投我那时的癖好。他的两句诗："行到水穷处，坐看云起时"，是常常挂在我的口边，尤其是在我独自一人散步于同济附近田野的时候。

唐人的绝句，像王、孟、韦、柳等人的，境界闲和静穆，态度天真自然，寓秾丽于冲淡之中，我顶欢喜。后来我爱写小诗、短诗，可以说承受唐人绝句的影响，和日本的俳句毫不相干，泰戈尔（Tagore）[1]的影响也不大。只是我和一些朋友在那时常常欢喜朗诵黄仲苏译的泰戈尔《园丁集》诗，他那声调的苍凉幽咽，一往情深，引起我一股宇宙的、遥远的、相思的哀感。

在中学时，有两次寒假，我到浙东万山之中一个幽美的小城里过年。那四围的山色秾丽清奇，似梦如烟；初春的地气，在佳山水里蒸发得较早，举目都是浅蓝深黛；湖光恋影笼罩得人自己也觉得成了一个透明体。而青春的心初次沐浴到爱的情绪，仿佛一朵白莲

---

[1] 泰戈尔（Rabindranath Tagore，1861—1941）：印度诗人、文学家、社会活动家、哲学家、印度民族主义者。主要哲学著作有《吉檀迦利》《飞鸟集》《园丁集》《新月集》《最后的诗篇》等。——编者注

在晓露里缓缓地展开,迎着初升的太阳,无声地、战栗地开放着,一声惊喜的微呼,心上已抹上胭脂的颜色。

纯真的、刻骨的爱和自然的、深静的美,在我的生命情绪中结成一个长期的、微妙的音奏,伴着月下的凝思,黄昏的远想。

这时我欢喜读诗,我欢喜有人听我读诗,夜里山城清寂,抱膝微吟,灵犀一点,脉脉相通。我的朋友有两句诗:"华灯一城梦,明月百年心",可以作我这时心情的写照。

我游了一趟谢安的东山,山上有谢公祠、蔷薇洞、洗屐池、棋亭等名胜,我写了几首记游诗,这是我第一次写诗,现在姑且记下,可以当作古老的化石看罢了。

游东山寺

一

振衣直上东山寺,万壑千岩静晚钟。
叠叠云岚烟树杪,湾湾流水夕阳中。
祠前双柏今犹碧,洞口蔷薇几度红?
一代风流云水渺,万方多难吊遗踪。

二

石泉落涧玉琮琤，人去山空万籁清。
春雨苔痕迷屐齿，秋风落叶响棋枰。
澄潭浮鲤窥新碧，老树盘鸦噪夕晴。
坐久浑忘身世外，僧窗冻月夜深明。

别东山

游屐东山久不回，依依怅别古城隈。
千峰暮雨春无色，万树寒风鸟独徊。
渚上归舟携冷月，江边野渡逐残梅。
回头忽见云封堞，黯对青峦自把杯。

旧体诗写出来很容易太老气，现在回看不像十几岁人写的东西，所以我后来也不大写旧体诗了。二十多年以后住嘉陵江边才又写一首《柏溪夏晚归棹》：

飙风天际来，绿压群峰暝。

> 云罅漏夕晖，光写一川冷。
>
> 悠悠白鹭飞，淡淡孤霞迥。
>
> 系缆月华生，万象浴清影。

1918年至1919年，我开始写哲学文字，然而浓厚的兴趣还是在文学。德国浪漫派的文学深入我的心坎。歌德的小诗我很欢喜。康白情、郭沫若的创作引起我对新体诗的注意。但我那时仅试写过一首《问祖国》。

1920年我到德国去求学，广大世界的接触和多方面人生的体验，使我的精神非常兴奋，从静默的沉思，转到生活的飞跃。三个星期中间，我的足迹踏遍巴黎的文化区域。罗丹的生动的人生造像是我这时最崇拜的"诗"。

这时我了解近代人生的悲壮剧、都会的韵律、力的姿势。对于近代各问题，我都感兴趣，我不那样悲观，我期待着一个更有力的、更光明的人类社会到来。然而莱茵河上的故垒寒流、残灯古梦，仍然萦系在心坎深处，使我常时做做古典的、浪漫的美梦。前年[1]我有一首诗，是追抚着那时的情趣，一个近代人的矛盾心情：

---

[1] 此文写于1923年。——编者注

生命之窗的内外

白天,打开了生命的窗,

绿杨丝丝拂着窗槛。

白云在青空里飘荡。

一层层的屋脊,一行行的烟囱,

成千成万的窗户,成堆成伙的人生。

行着,坐着,恋爱着,斗争着。

活动、创造、憧憬、享受。

是电影、是图画、是速度、是转变?

生活的节奏,机器的节奏,

推动着社会的车轮,宇宙的旋律。

白云在青空飘荡,

人群在都会匆忙!

黑夜,闭上了生命的窗。

窗里的红灯,

掩映着绰约的心影:

雅典的庙宇,莱茵的残堡,

山中的冷月，海上的孤棹。
是诗意、是梦境、是凄凉、是回想？
缕缕的情丝，织就生命的憧憬。
大地在窗外睡眠！
窗内的人心，
遥领着世界深秘的回音。

在都市的危楼上俯眺风驰电掣的、匆忙的人群，通力合作地推动人类的前进；生命的悲壮令人惊心动魄，渺渺的微躯只是洪涛的一沤，然而内心的孤迥，也希望能烛照未来的微茫，听到永恒的神秘节奏，静寂的神明体会宇宙静寂的和声。

1921年的冬天，在一位景慕东方文明的教授夫妇的家里，过了一个罗曼蒂克的夜晚；舞阑人散，踏着雪里的蓝光走回的时候，因着某一种柔情的萦绕，我开始了写诗的冲动，从那时以后，横亘约莫一年的时光，我常常被一种创造的情调占有着。在黄昏的微步，星夜的默坐，在大庭广众中的孤寂，仿佛时常听见耳边有一些无名的音调，把捉不住而呼之欲出。往往是夜里躺在床上熄了灯，大都会千万人声归于休息的时候，一颗战栗不寐的心兴奋着，静寂中感觉到窗外横躺着的大城在喘息，在一种停匀的节奏中喘息，仿佛一座平波微动的大海，一轮冷月俯临这动极而静的世界，不禁有许多遥远的思想来袭我的心，似惆怅，又似喜悦，似觉悟，又似恍惚。无限凄凉之感里，夹着无限热爱之感。似乎这微渺的心和那遥远的自然，和那茫茫的、广大的人类，打通了一道地下的、深沉的、神秘的暗道，在绝对的静寂里获得自然人生最亲密的接触。我的《流云小诗》，多半是在这样的心情中写出的。往往在半夜的黑影里爬起来，扶着床栏寻找火柴，在烛光摇晃中写下那些现在人不感兴趣而我自己却借以慰藉寂寞的诗，《夜》与《晨》两诗曾记下这黑夜不眠而诗兴勃勃的情景。

然而我并不完全是"夜"的爱好者，朝霞满窗时，我也赞颂红日的初生。我爱光，我爱美，我爱力，我爱海，我爱人间的温暖，我爱群众里千万心灵一致紧张而有力的热情。我不是诗人，我却主张诗人是人类光明的预言者，人类光明的鼓励者和指导者，人类的光和爱和热的鼓吹者。高尔基说过："诗不是属于现实部分的事实，而是属于那比现实更高部分的事实。"那比现实更高的仍是现实，只是一个较光明的现实罢了。歌德也说："应该拿现实提举到和诗一般地高。"这也就是我对于诗和现实的见解。

我和艺术[1]

我与艺术相交忘情,艺术与我忘情相交,凡八十又六年矣。然而说起欣赏之经验,却甚寥寥。

在我看来,美学就是一种欣赏。美学,一方面讲创造,一方面讲欣赏。创造和欣赏是相通的。创造是为了给别人欣赏,起码是为了自己欣赏。欣赏也是一种创造,没有创造,就无法欣赏。六十年前,我在《看了罗丹雕刻以后》里说过,创造者应当是真理的搜寻者、美乡的醉梦者、精神和肉体的劳动者。欣赏者又何尝不当如此?

中国有句古话,叫作"万物静观皆自得"。静故了群动,空故纳万境。艺术欣赏也需澡雪精神,进入境界。庄子最早提倡虚静,颇懂个中三昧,他是中国有代表性的哲学家中的艺术家。老子、

---

[1] 本文原是作者为《艺术欣赏指要》一书所作的序。——编者注

孔子、墨子他们就做不到。庄子影响大极了。中国古代艺术繁荣的时代，庄子思想就突出，就活跃，魏晋时期就是一例。晋人王戎云："情之所钟，正在我辈。"创造需炽爱，欣赏亦需钟情。记得30年代初，我在南京偶然购得隋唐佛头一尊，重数十斤，把玩终日，因有"佛头宗"之戏。是时悲鸿等好友亦交口称赞，爱抚不已。不久，南京沦陷，我所有书画、古玩荡然无存，唯此佛头深埋地底，得以幸存。今仍置于案头，满室生辉。这些年，年事渐高，兴致却未有稍减。一俟城内有精彩之文艺展，必拄杖挤车，一睹为快。今虽老态龙钟，步履维艰，犹不忍释卷，以冀卧以游之！

艺术趣味的培养，有赖于传统文化艺术的滋养。只有到了徽州，登临黄山，方可领悟中国之诗、山水、艺术的韵味和意境。我对艺术一往情深，当归于孩童时所受的熏陶。我在《我和诗》一文中追溯过，我幼时对山水风景、古刹有着发乎自然的酷爱。天空的游云和复成桥畔的垂柳，是我孩心最亲密的伴侣。风烟清寂的郊外，清凉山、扫叶楼、雨花台、莫愁湖是我同几个小伙伴每星期日步行游玩的目标。十七岁一场大病之后，我扶着弱体到青岛去求学，那象征着世界和生命的大海，哺育了我生命里最富于诗境的一段时光……

艺术的天地是广漠阔大的，欣赏的目光不可拘于一隅。但作为中国的欣赏者，不能没有民族文化的根基。外头的东西再好，对我们来说，总有点隔膜。我在欧洲求学时，曾把达·芬奇和罗丹等的艺术当作最崇拜的诗。可后来还是更喜欢把玩我们民族艺术的珍品。中国艺术无疑是一个宝库！

多年以来，对欣赏一事，论者不多。《指要》一书，可谓难得。书中所论，亦多灼见。受编者深嘱，成此文字，是为序。

1983年9月10日
于北京大学未名湖畔

艺术生活[1]

——艺术生活与同情

你想要了解"光"吗?

你可曾同那疏林透射的斜阳共舞?

你可曾同那黄昏初现的冷月齐颤?

你可曾同那蓝天闪闪的星光合奏?

你想了解"春"吗?

你的心琴可有那蝴蝶翅的翩翩情致?

你的歌曲可有那黄莺儿的千啭不穷?

你的呼吸可有那玫瑰粉的一缕温馨?

诸君!艺术的生活就是同情的生活呀!无限的同情对于自然,

---

[1] 原文刊载于《少年中国》第 2 卷第 7 期(1921 年 1 月 15 日)。——编者注

无限的同情对于人生，无限的同情对于星天云月、鸟语泉鸣，无限的同情对于死生离合、喜笑悲啼。这就是艺术感觉的发生，这也是艺术创造的目的！

诸君！我们这个世界，本是一个物质的世界，本是一个冷酷的世界。你看，大宇长宙的中间何等黑暗呀！何等森寒呀！但是，它能进化、能活动、能创造，这是什么缘故呢？因为它有"光"，因为它有"热"！

诸君！我们这个人生，本是一个机械的人生，本是一个自利的人生。你看，社会、民族中间何等黑暗呀！何等森寒呀！但是，它也能进化、能活动、能创造，这是什么缘故呢？因为它有"情"，因为它有"同情"！

同情是社会结合的原始，同情是社会进化的轨道，同情是小己解放的第一步，同情是社会协作的原动力。我们为人生向上发展计，为社会幸福进化计，不可不谋人类"同情心"的涵养与发展。哲学家和科学家，兢兢然求人类思想见解的一致，宗教家与伦理学家，兢兢然求人类意志行为的一致，而真能结合人类情绪感觉的一致者，厥唯艺术而已。一曲悲歌，千人泣下；一幅画境，行者驻足，世界上能融化人感觉情绪于一炉者，能有过于美术的吗？美感的动机，起于同感。我们读一首诗，如不能设身处地，直感那诗中的境界，则不能了解那首诗的美。我们看一幅画，如不能神游其中，如历其境，则不能了解这幅画的美。我们在朝阳中看见了一枝带露的

第一章 唯美的眼光

花,感觉着它生命的新鲜,生意的无尽,自由发展,无所挂碍,便觉得有无穷的不可言说的美。

譬如两张琴,弹了一琴的一弦,别张琴上,同音的弦,方能共鸣。自然中间美的谐和,艺术中间美的音乐,也唯有同此弦音,方能合奏。所以,有无穷的美,深藏若虚,唯有心人,乃能得之。

但是,我们心琴上的弦音,本来色彩无穷,一个艺术家果能深透心理,扣人心弦,聊歌一曲,即得共鸣。所以,艺术的作用,即是能使社会上大多数的心琴,同入于一曲音乐而已。

这话怎么讲?我们知道,一种学术思想,还很不难得全社会的赞同。因为思想,可以根据事实,解决是非。我们又知道,一件事业举动,也还不难得全社会的同情。因为事业,可以根据利害,决定从违。这两种都有客观的标准,不难强令社会于一致。但是,说到情绪感觉上的事,却是极为主观,很难一致的了。我以为美的,你或者以为丑。你以为甘的,我或者以为苦。并且,各有其实际,绝不能强以为同。所以,情绪感觉,不是争辩的问题,乃是直觉自决的问题。但是,一个社会中感情完全不一致,却又是社会的缺憾与危机。因为"同情"本是维系社会最重要的工具。同情消灭,则社会解体。

艺术的目的是融社会的感觉情绪于一致,譬如一段人生,一幅自然，各人遇之，因地位关系之差别，感觉情绪，毫不相同。但是，这一段人生，若是描写于小说之中，弹奏于音乐之里；这一幅自然，若是绘画于图册之上，歌咏于情词之中，则必引起全社会的注意与同感，而最能使全社会情感荡漾于一波之上者，尤莫如音乐。所以，中国古代圣哲极注重"乐教"。他们知道，唯有音乐，能调和社会的情感，坚固社会的组织。

不单是艺术的目的，是谋社会同情心的发展与巩固。本来，艺术的起源，就是由人类社会"同情心"的向外扩张到大宇宙自然里去。法国哲学家居友（Guyau）[1] 在他的名著《艺术为社会现象》中，论之甚详。我们人群社会中，所以能结合与维持者，是因为有一种社会的同情。我们根据这种同情，觉着全社会人类都是同等，都是一样的情感嗜好，爱恶悲乐。同我之所以为"我"，没有什么大分别。于是，人我之界不严，有时以他人之喜为喜，以他人之悲为悲。看见他人的痛苦，感同身受。这时候，小我的范围解放，入于社会大我之圈，和全人类的情绪感觉一致颤动，古来的宗教家如释迦、耶稣，一生都在这个境界中。

---

[1] 居友（Jean Marie Guyau, 1854—1888）：现通译为居约。法国哲学家、伦理学家、美学家、诗人，生命哲学的先驱代表。主要著作有《一个哲学家的诗》《当代美学问题》《艺术为社会现象》等。——编者注

但是，我们这种对于人类社会的同情，还可以扩充张大到普遍的自然中去。因为自然中也有生命，有精神，有情绪、感觉、意志，和我们的心理一样。你看一个歌咏自然的诗人，走到自然中间，看见了一枝花，觉得花能解语；遇着了一只鸟，觉得鸟亦知情；听见了泉声，以为是情调；会着了一丛小草、一片蝴蝶，觉得也能互相了解，悄悄地诉说它们的情、它们的梦、它们的想望。无论山水云树，月色星光，都是我们有知觉、有感情的姊妹同胞。这时候，我们拿社会同情的眼光，运用到全宇宙里，觉得全宇宙就是一个大同情的社会组织，什么星呀、月呀、云呀、水呀、禽兽呀、草木呀，都是一个同情社会中间的眷属。这时候，不发生极高的美感吗？这个大同情的自然，不就是一个纯洁的、高尚的美术世界吗？诗人、艺术家，在这个境界中，无有不发生艺术的冲动，或舞歌或绘画，或雕刻创造，皆由于对于自然，对于人生，起了极深厚的同情，内心中的冲动，想将这个宝爱的自然、宝爱的人生，由自己的能力再实现一遍。

艺术世界的中心是同情，同情的发生由于空想，同情的结局入于创造。于是，所谓艺术生活者，就是现实生活以外一个空想的、同情的、创造的生活而已。

美学的散步（一）[1]

小言

散步是自由自在、无拘无束的行动，它的弱点是没有计划，没有系统。看重逻辑统一性的人会轻视它、讨厌它，但是西方建立逻辑学的大师亚里士多德的学派却唤作"散步学派"，可见散步和逻辑并不是绝对不相容的。中国古代一位影响不小的哲学家——庄子，他好像整天是在山野里散步，观看着鹏鸟、小虫、蝴蝶、游鱼，又在人间世里凝视一些奇形怪状的人：驼背、跛脚、四肢不全、心灵不正常的人，很像意大利文艺复兴时大天才达·芬奇在米兰街头散

---

[1] 原文刊载于《新建设》第7期（1959年）。此文章的题目在后续出版时，被删去后面的"（一）"，现依照《宗白华全集》（卷3）（2008年安徽教育出版社出版），恢复原题目。——编者注

步时速写下来的一些"戏画",现在竟成为"画院的奇葩"。庄子文章里所写的那些奇特人物大概就是后来唐、宋画家画罗汉时心目中的范本。

散步的时候可以偶尔在路旁折到一枝鲜花,也可以在路上拾起别人弃之不顾而自己感兴趣的燕石。

无论鲜花或燕石,不必珍视,也不必丢掉,放在桌上可以做散步后的回念。

诗(文学)和画的分界

苏东坡论唐朝大诗人兼画家王维(摩诘)的《蓝田烟雨图》说:"味摩诘之诗,诗中有画;观摩诘之画,画中有诗。诗曰:'蓝溪白石出,玉川红叶稀。山路元无雨,空翠湿人衣。'此摩诘之诗也。或曰非也,好事者以补摩诘之遗。"

以上是东坡的话,所引的那首诗,不论它是不是好事者所补,把它放到王维和裴迪所唱和的辋川绝句里去是可以乱真的。这确是一首"诗中有画"的诗。"蓝溪白石出,玉川红叶稀",可以画出来成为一幅清奇冷艳的画,但是"山路元无雨,空翠湿人衣"二句,却是不能在画面上直接画出来的。假使刻舟求剑似的画出一个人穿了一件湿衣服，即使不难看，也不能把这种意味和感觉像这两句诗那样完全传达出来。好画家可以设法暗示这种意味和感觉，却不能直接画出来，这位补诗的人也正是从王维这幅画里体会到这种意味和感觉，所以用"山路元无雨，空翠湿人衣"这两句诗来补足它。这幅画上可能并不曾画有人物，那会更好地暗示这感觉和意味。而另一位诗人可能体会不同而写出别的诗句来。画和诗毕竟是两回事。诗中可以有画，像头两句里所写的，但诗不全是画。而那不能直接画出来的后两句恰是"诗中之诗"，正是构成这首诗是诗而不是画的精要部分。

然而那幅画里若不能暗示或启发人写出这诗句来，它可能是一张很好的写实照片，却又不能成为真正的艺术品——画，更不是大诗画家王维的画了。这"诗"和"画"的微妙的辩证关系不是值得我们深思探索的吗？

宋朝文人晁以道有诗云："画写物外形，要物形不改。诗传画外意，贵有画中态。"这也是论诗画的离合异同。画外意，待诗来传，才能圆满，诗里具有画所写的形态，才能形象化、具体化，不致于太抽象。

但是王安石《明妃曲》诗云："意态由来画不成，当时枉杀毛延寿。"他是个喜欢做翻案文章的人，然而他的话是有道理的。美人的意态确是难画出的，东施以活人来效颦西施尚且失败，何况是画家调脂弄粉。那画不出的"巧笑倩兮，美目盼兮"，古代诗人随手拈来的这两句诗，却使孔子以前的中国美人如同在我们眼前。达·芬奇用了四年工夫画出蒙娜丽莎的美目巧笑，在该画初完成时，当也能给予我们同样新鲜生动的感受。现在我却觉得我们古人这两句诗仍是千古如新，而油画受了时间的侵蚀，后人的补修，已只能令人在想象里追寻旧影了。我曾经坐在原画前默默领略了一小时，口里念着我们古人的诗句，觉得诗启发了画中意态，画给予诗以具体形象，诗画交辉，意境丰满，各不相下，各有千秋。

达·芬奇在这画像里突破了画和诗的界限，使画成了诗。谜样的微笑，勾引起后来无数诗人心魂震荡，感觉这双妙目巧笑，深远如海，味之不尽，天才真是无所不可。但是画和诗的分界仍是不能泯灭的，也是不应该泯灭的，各有各的特殊表现力和表现领域。探索这微妙的分界，正是近代美学开创时为自己提出的任务。

18世纪德国思想家莱辛开始提出这个问题，发表他的美学名著《拉奥孔》或称《论画和诗的分界》。但《拉奥孔》是主要地分析着希腊晚期一个雕像群，拿它代替了对画的分析，雕像同画同是空间里的造型艺术，本可相通。而莱辛所说的诗也是指的戏剧和史诗，这是我们要记住的。因为我们谈到诗往往是偏重抒情诗。固然这也是相通的，同是属于在时间里表现其境界与行动的文学。

拉奥孔（Laokoon）是希腊古代传说里特洛伊城的一个祭师，他对他的人民警告了希腊军用木马偷运兵士进城的诡计，因而触怒了袒护希腊人的阿波罗神。当他在海滨祭祀时，他和他的两个儿子被两条从海边游来的大蛇捆绕着他们三人的身躯，拉奥孔被蛇咬着，环视两子正在垂死挣扎，他的精神和肉体都陷入莫大的悲愤痛苦之中。古罗马诗人维琪尔[1]曾在史诗中咏述此景，说拉奥孔痛极狂吼，声震数里，但是发掘出来的希腊晚期雕像群中著名的拉奥孔（现存罗马梵蒂冈博物院），却表现着拉奥孔的嘴仅微微启开呻吟着，并不是狂吼，全部雕像给人的印象是在极大的、悲剧的苦痛里保持着镇定、静穆。德国的古代艺术史学者温克尔曼（Winckelmann，1717—1768）对这雕像群写了一段影响深远的描述，影响着歌德及德国许多古典作家和美学家，掀起了纷纷的讨论。现在我先将他这段描写介绍出来，再谈莱辛由此所发挥的画和诗的分界。

温克尔曼在他的早期著作《关于在绘画和雕刻艺术里模仿希腊作品的一些意见》里曾有下列一段论希腊雕刻的名句：

希腊杰作的一般主要的特征是一种高贵的单纯和一种静穆的伟

---

[1] 维琪尔，即普布留斯·维吉留斯·马罗（Publius Vergilius Maro，公元前70年—公元前19年）：现通译为维吉尔。出生于曼图亚，古罗马诗人，被认为是世界文学史上最伟大的文学家之一。——编者注

大,既在姿态上,也在表情里。

就像海的深处永远停留在静寂里,不管它的表面多么狂涛汹涌,在希腊人的造像里那表情展示一个伟大的、沉静的灵魂,尽管是处在一切激情里面。

在极端强烈的痛苦里,这种心灵描绘在拉奥孔的脸上,并且不单在脸上。在一切肌肉和筋络中所展现的痛苦,不用向脸上和其他部分去看,仅仅看到那因痛苦而向内里收缩着的下半身,我们几乎会在自己身上感觉着。然而这痛苦,我说,并不曾在脸上和姿态上用愤激表示出来。他没有像维琪尔在他拉奥孔(诗)里所歌咏的那样喊出可怕的悲吼,因嘴的孔穴不允许这样做(白华按:这是指雕像的脸上张开了大嘴,显示一个黑洞,很难看,破坏了美),这里只是一声畏怯的敛住气的叹息,像沙多勒所描写的。

身体的痛苦和心灵的伟大是经由形体全部结构用同等的强度分布着,并且平衡着。拉奥孔忍受着,像索福克勒斯(Sophocles)的菲诺克太特(Philoctet):他的困苦感动到我们的深心里,但是我们愿望也能够像这个伟大人格那样忍耐困苦。一个这样伟大心灵的表情远远超越了美丽自然的构造物。艺术家必须先在自己内心里感觉到他要印入他的大理石里的那精神的强度。希腊具有集合艺术家与圣哲于一身的人物,并且不止一个梅特罗多。智慧伸手给艺术而将超俗的心灵吹进艺术的形象。

　　莱辛认为温克尔曼所指出的拉奥孔脸上并没有表示人所期待的那样强烈苦痛的疯狂表情,是正确的。但是温克尔曼把理由放在希腊人的智慧克制着内心感情的过分表现上,这是他所不能同意的。

　　肉体遭受剧烈痛苦时大声喊叫以减轻痛苦,是合乎人情的,也是很自然的现象。希腊人的史诗里毫不讳言神们的这种人情味。维纳斯(美丽的爱神)玉体被刺痛时,不禁狂叫,没有时间照顾到脸相的难看了。荷马史诗里战士受伤倒地时常常大声叫痛。照他们的事业和行动来看,他们是超凡的英雄;照他们的感觉情绪来看,他们仍是真实的人。所以拉奥孔在希腊雕像上那样微呻不是由于希腊人的品德如此,而应当到各种艺术的材料的不同、表现可能性的不同和它们的限制中去找它的理由。莱辛在他的《拉奥孔》里说:

　　有一些激情和某种程度的激情,它们经由极丑的变形表现出来,以致于将身体陷入那样勉强的姿态里,使他的在静息状态里具有的一切美丽线条都丧失掉了。因此古代艺术家完全避免这个,或是把它的程度降低下来,使它能够保持某种程度的美。

　　把这思想运用到拉奥孔上,我所追寻的原因就显露出来了。那位巨匠是在所假定的肉体的巨大痛苦情况下，企图实现最高的美。在那丑化着一切的强烈情感里，这痛苦是不能和美相结合的。巨匠必须把痛苦降低些，他必须把狂吼软化为叹息，并不是因为狂吼暗示着一个不高贵的灵魂，而是因为它把脸相在一难堪的样式里丑化了。人们只要设想拉奥孔的嘴大大张开着而评判一下。人们让他狂吼着再看看……

莱辛的意思是：并不是道德上的考虑使拉奥孔不像在史诗里这样痛极大吼，而是雕刻的物质的表现条件在直接观照里显得不美（在史诗里无此情况），因而雕刻家（画家也一样）须将表现的内容改动一下，以配合造型艺术由于物质表现方式所规定的条件。这是各种艺术的特殊的内在规律，艺术家若不注意它、遵守它，就不能实现美，而美是艺术的特殊目的。若放弃了美，艺术可以供给知识，宣扬道德，服务于实际的某一目的，但不是艺术了。艺术须能表现人生的有价值的内容，这是无疑的。但艺术作为艺术而不是文化的其他部门，它就必须同时表现美，把生活内容提高、集中、精粹化，这是它的任务。根据这个任务，各种艺术因物质条件不同就具有了各种不同的内在规律。拉奥孔在史诗里可以痛极大吼，声闻数里，而在雕像里却变成小口微呻了。

莱辛这个创造性的分析启发了以后艺术研究的深入,奠定了艺术科学的方向,虽然他自己的研究仍是有局限性的。造型艺术和文学的界限并不如他所说的那样窄狭、严格,艺术天才往往突破规律而有所成就,开辟新领域、新境界。罗丹就曾创造了疯狂大吼、躯体扭曲,失了一切美的线纹的人物,而仍不失为艺术杰作,创造了一种新的美。但莱辛提出的问题是好的,是需要进一步做科学的探讨的,这是构成美学的一个重要部分。所以近代美学家颇有用《新拉奥孔》标名他的著作的。

我现在翻译他的《拉奥孔》里一段具有代表性的文字,论诗里和造型艺术里的身体美,这段文字可以献给朋友在美学散步中做思考资料。莱辛说:

身体美是产生于一眼能够全面看到的各部分协调的结果。因此要求这些部分相互并列着,而这各部分相互并列着的事物正是绘画的对象。所以绘画能够也只有它能够摹绘身体的美。

诗人只能将美的各要素相继地指说出来,所以他完全避免把身体的美作为美来描绘。他感觉到把这些要素相继地列数出来,不可能获得像它并列时那种效果,我们若想根据这相继地一一指说出来的要素而向它们立刻凝视,是不能给予我们一个统一的、协调的图画的。要构想这张嘴和这个鼻子和这双眼睛集在一起时会有怎样一个效果,是超越了人的想象力的,除非人们能从自然里或艺术里回忆到这些部分组成的一个类似的结构(白华按:读"巧笑倩兮"……时不用做此笨事,不用设想是中国或西方美人而情态如见,诗意具足,画意也具足)。

在这里,荷马常常是模范中的模范。他只说,尼惹斯是美的,阿奚里更美,海伦具有神仙似的美。但他从不陷落到这些美的周密的、啰唆的描述中。他的全诗可以说是建筑在海伦的美上面的,一个近代的诗人将要怎样冗长地来叙说这美呀!

但是如果人们从诗里面把一切身体美的画面去掉,诗不会损失多少?谁要把这个从诗里去掉?当人们不愿意它追随一个姊妹艺术的脚步来达到这些画面时,难道就关闭了一切别的道路了吗?正是这位荷马,他这样故意避免一切片段地描绘身体美的,以致于我们在翻阅时很不容易地有一次获悉海伦具有雪白的臂膀和金色的头发(《伊利亚特》Ⅳ,第319行),正是这位诗人,他仍然懂得使我们对她的美获得一个概念,而这一美的概念是远远超过了艺术在这企图中所能到达的。人们试着回忆诗中那一段,当海伦到特罗亚人民的长老集会面前,那些尊贵的长老瞥见她时,一个对一个耳边说:

"怪不得特罗亚人和坚胫甲阿开人，为了这个女人这么久忍受着苦难呢，她看来活像一个青春常驻的女神。"[1]

还有什么能给我们一个比这更生动的美的概念，当这些冷静的长老也承认她的美是值得这一场流了这许多血、洒了那么多泪的战争的呢？

凡是荷马不能按照各部分来描绘的，他让我们在它的影响里来认识。诗人呀，画出那"美"所激起的满意、倾倒、爱、喜悦，你就把美自身画出来了。谁能构想莎弗所爱的那个对方是丑陋的，当莎弗承认她瞥见他时丧魂失魄。谁不相信是看到了美的、完满的形体，让他对于这个形体所激起的情感产生了同情？

文学追赶艺术描绘身体美的另一条路，就是这样：它把"美"转化作魅惑力。魅惑力就是美在"流动"之中。因此它对于画家不像对于诗人那么便当。画家只能叫人猜到"动"，事实上它的形象是不动的。因此在它那里魅惑力会变成做鬼脸。但是在文学里魅惑力是魅惑力，它是流动的美，它来来去去，我们盼望能再度地看到它。又因为我们一般地能够较为容易地、生动地回忆"动作"，超过单纯的形式或色彩，所以魅惑力较之"美"在同等的比例中对我们的作用要更强烈些。

甚至于安拉克耐翁（希腊抒情诗人），宁愿无礼貌地请画家无

---

[1] 选自《伊利亚特》（缪朗山译）。——原注

所作为。假使他不拿魅惑力来赋予他的女郎的画像，使她生动。"在她的香腮上一个酒窝，绕着她的玉颈一切的爱娇浮荡着"（《颂歌》第二十八）。他命令艺术家让无限的爱娇环绕着她的温柔的腮，云石般的颈项！照这话的严格的字义，这怎样办呢？这是绘画所不能做到的。画家能够给予腮巴最艳丽的肉色，但此外他就不能再有所作为了。这美丽颈项的转折，肌肉的波动，那俊俏酒窝因之时隐时现，这类真正的魅惑力是超出了画家能力的范围了。诗人（指安拉克耐翁）说出了他的艺术怎样才能够把"美"对我们来说是形象化、感性化的最高点，以便让画家能在他的艺术里寻找这个最高的表现。

这是对我以前所阐述的话一个新的例证，这就是说，诗人即使谈论到艺术作品时，仍然是不受束缚于把他的描写保守在艺术的限制以内的（白华按：这话是指诗人要求画家能打破画的艺术的限制，表现出诗的境界来。但照莱辛的看法，这界限仍是存在的）。

莱辛对诗（文学）和画（造型艺术）的深入的分析，指出它们的各自的局限性、各自的特殊的表现规律，开创了对于艺术形式的研究。

诗中有画，而不全是画；画中有诗，而不全是诗。诗、画各有表现的可能性范围，一般地说来，这是正确的。

但中国古代抒情诗里有不少是纯粹的写景,描绘一个客观境界,不写出主体的行动,甚至于不直接说出主观的情感,像王国维在《人间词话》里所说的"无我之境",但充满了诗的气氛和情调。我随便拈一个例证并稍加分析。

唐朝诗人王昌龄一首题为《初日》的诗云:

初日净金闺,
先照床前暖。
斜光入罗幕,
稍稍亲丝管。
云发不能梳,
杨花更吹满。

这诗里的境界很像一幅近代印象派大师的画,画里现出一间晨光射入的香闺,日光在这幅画里是活跃的主角,它从窗门跳进来,跑到闺女的床前,散发着一股温暖,接着穿进了罗帐,轻轻抚摩一下榻上的乐器——闺女所吹弄的琴瑟箫笙——枕上的如云的美发还散开着,杨花随着晨风春日偷进了闺房,亲昵地躲在那枕边的美发上。诗里并没有直接描绘这金闺少女(除非"云发"

二字暗示着），然而一切的美是归于这看不见的少女的。这是多么艳丽的一幅油画呀！

　　王昌龄这首诗，使我想起德国近代大画家门采尔的一幅油画（门采尔的素描1956年曾在北京展览过），那画上也是灿烂的晨光从窗门撞进了一间卧室，乳白的光辉漫漫在长垂的纱幕上，随着落上地板，又返跳进入穿衣镜，又从镜里跳出来，抚摸着椅背，我们感到晨风清凉，朝日温煦。室里的主人是在画面上看不见的，她可能是在屋角的床上坐着。（这晨风沁人，怎能还睡？）

> 太阳的光
> 洗着我早起的灵魂。
> 天边的月
> 犹似我昨夜的残梦。

（《流云小诗》）

　　门采尔这幅画全是诗，也全是画；王昌龄那首诗全是画，也全是诗。诗和画里都是演着光的独幕剧，歌唱着光的抒情曲。这诗和画的统一不是和莱辛所辛苦分析的诗画分界相抵触吗？

　　我觉得不是抵触而是补充了它，扩张了它们相互的蕴涵。画里本可以有诗（苏东坡语），但是若把画里每一根线条、每一块色彩、每一束光、每一个形都饱吸着浓情蜜意，它就成为画家的抒情作品，像伦勃朗的油画、中国元人的山水。

诗也可以完全写景，写"无我之境"。而每句每字却反映出自己对物的抚摩，和物的对话，表现出对物的热爱，像王昌龄的《初日》那样，那纯粹的景就成了纯粹的情，就是诗。

但画和诗仍是有区别的。诗里所咏的光的先后活跃，不能在画面上同时表现出来，画家只能捉住意义最丰满的一刹那，暗示那活动的前因后果，在画面的空间里引进时间感觉。而诗像《初日》里虽然境界华美，却赶不上门采尔油画上那样光彩耀目，直射眼帘。然而由于诗叙写了光的活跃的、先后曲折的历程，更能丰富着和加深着情绪的感受。

诗和画各有它的具体的物质条件，局限着它的表现力和表现范围，不能相代，也不必相代。但各自又可以把对方尽量吸进自己的艺术形式里来。诗和画的圆满结合（诗不压倒画，画也不压倒诗，而是相互交流交浸），就是情和景的圆满结合，也就是所谓"艺术意境"。我在十几年前曾写了一篇《中国艺术意境之诞生》，对中国诗和画的意境做了初步的探索，可以供散步的朋友们参考，现在不再细说了。

美从何处寻?[1]

啊,诗从何处寻?

从细雨下,点碎落花声,

从微风里,飘来流水音,

从蓝空天末,摇摇欲坠的孤星!

——《流云小诗》

尽日寻春不见春,

芒鞋踏遍陇头云。

归来笑拈梅花嗅,

春在枝头已十分。

——(宋)罗大经:《鹤林玉露》中载某尼《悟道诗》

---

[1] 原文刊载于《新建设》第6期(1957年)。——编者注

诗和春都是美的化身，一是艺术的美，一是自然的美。我们都是从目观耳听的世界里寻得它的踪迹。某尼《悟道诗》大有禅意，好像是说"道不远人"，不应该"道在迩而求诸远"。好像是说："如果你在自己的心中找不到美，那么，你就没有地方可以发现美的踪迹。"

然而梅花仍是一个外界事物呀，大自然的一部分呀！你的心不是"在"自己的心的过程里，感觉、情绪、思维里找到美，而只是"通过"感觉、情绪、思维找到美，发现梅花里的美。美对于你的心、你的"美感"是客观的对象和存在。你如果要进一步认识它，你可以分析它的结构、形象、组成的各部分，得出"谐和"的规律、"节奏"的规律、表现的内容、丰富的启示，而不必顾到你自己的心的活动。你越能忘掉自我，忘掉你自己的情绪波动、思维起伏，你就越能够"漱涤万物，牢笼百态"（柳宗元语），你就会像一面镜子，像托尔斯泰那样，照见了一个世界，丰富了自己，也丰富了文化。人们会感谢你的。

那么，你在自己的心里就找不到美了吗？我说，我们的心灵起伏万变，情欲的波涛，思想的矛盾，当我们身在其中时，恐怕尝到的是苦闷，而未必是美。只有莎士比亚或巴尔扎克把它形象化了，表现在文艺里，或是你自己手之舞之，足之蹈之，把你的欢乐表现在舞蹈的形象里，或把你的忧郁歌咏在有节奏的诗歌里，甚至于在你的平日的行动里、语言里。一句话说来，就是你的心要具体地表现在形象里，那时旁人会看见你的心灵的美，你自己也才真正地、切实地、具体地发现你的心里的美。除此以外，恐怕不容易吧！你的心可以发现美的对象（人生的、社会的、自然的），这"美"对于你是客观的存在，不以你的意志为转移。（你的意志只能主使你的眼睛去看它或不去看它，却不能改变它。你能训练你的眼睛深一层地去认识它，却不能动摇它。希腊伟大的艺术不因中古时代的晦暗而减少它的光辉。）

宋朝某尼虽然似乎悟道，然而她的觉悟不够深，不够高，她不能发现整个宇宙已经盎然有春意，假使梅花枝上已春满十分了。她在踏遍陇头云时是苦闷的、失望的。她把自己关在狭窄的心的圈子里了。只在自己的心里去找寻美的踪迹是不够的，是大有问题的。王羲之在《兰亭集序》里说："仰观宇宙之大，俯察品类之盛，所以游目骋怀，足以极视听之娱，信可乐也。"这是东晋大书法家在寻找美的踪迹。他的书法传达了自然的美和精神的美。不仅是大宇宙，小小的事物也不可忽视。诗人华兹华斯[1]曾经说过："一朵微小的花

---

[1] 华兹华斯（William Wordsworth，1770—1850）：英国浪漫主义诗人。著有《抒情歌谣集》《丁登寺旁》《序曲》等。——编者注

对于我可以唤起不能用眼泪表达出的那样深的思想。"

达到这样的深入的美感,发现这样深度的美,是要在主观心理方面具有条件和准备的。我们的感情是要经过一番洗涤,克服了小己的私欲和利害计较。矿石商人只看到矿石的货币价值,而看不见矿石的美和特性。我们要把整个情绪和思想改造一下,移动了方向,才能面对美的形象,把美如实地和深入地反映到心里来。再把它放射出去,凭借物质创造形象给表达出来,才成为艺术。中国古代曾有人把这个过程唤作"移人之情"或"移我情"。琴曲《伯牙水仙操》的序上说:

伯牙学琴于成连,三年而成,至于精神寂寞,情之专一,未能得也。成连曰:"吾之学,不能移人之情,吾师有方子春,在东海中。"乃赍粮从之,至蓬莱山,留伯牙曰:"吾将迎吾师!"刺船而去,旬时不返。伯牙心悲,延颈四望,但闻海水汩没,山林窅冥,群鸟悲号。仰天叹曰:"先生将移我情!"乃援琴而作歌云:"繄洞渭兮流澌濩,舟楫逝兮仙不还。移形素兮蓬莱山,欹钦伤宫仙不还。"

伯牙由于在孤寂中受到大自然强烈的震撼,生活上的异常遭遇,整个心境受了洗涤和改造,才达到艺术的最深体会,把握到音乐的创造性的旋律,完成他的美的感受和创造。这个"移情说"比起德国美学家栗卜斯的"情感移入论"似乎还更深些,因为它说出现实生活中的体验和改造是"移情"的基础呀!并且"移易"和"移入"是不同的。

这里所理解的"移情"应当是我们审美的心理方面的积极因素和条件,而美学家所说的"心理距离""静观",也构成审美的消极条件。女子郭六芳有一首诗《舟还长沙》说得好:

侬家家住两湖东,十二珠帘夕照红。
今日忽从江上望,始知家在画图中。

自己住在现实生活里,没有能够把握到它的美的形象。等到自己对自己的日常生活有相当的距离,从远处来看,才发现家在画图中,融在自然的一片美的形象里。

但是在这主观心理条件之外还需要客观的、物的方面的条件。在这里是那夕照的红和十二珠帘的具有节奏与和谐的形象。宋人陈简斋的海棠诗云"隔帘花叶有辉光",帘子造成了距离,同时它的线文的节奏也更能把帘外的花叶纳进美的形象,增高了它的光辉闪灼,呈显出生命的华美,就像一段欢愉生活嵌在素朴而具有优美旋律的歌词里一样。

　　这节奏、这旋律、这和谐等等，它们是离不开生命的表现，它们不是死的、机械的、空洞的形式，而是具有内容、有表现、有丰富意义的具体形象。形象不是形式，而是形式和内容的统一，形式中每一个点、线、色、形、音、韵，都表现着内容的意义、情感、价值。所以诗人艾里略说："一个造出新节奏来的人，就是一个拓展了我们的感性并使它更为高明的人。"又说，"创造一种形式并不是仅仅发明一种格式，一种韵律或节奏，而也是这种韵律或节奏的整个合式的内容的发觉。莎士比亚的十四行诗并不仅是如此这般的一种格式或图形，而是一种恰是如此思想感情的方式"，而具有理想的形式的诗是"如此这般的诗，以致我们看不见所谓诗，而但注意着诗所指示的东西"（《诗的作用和批评的作用》）。这里就是"美"，就是美感所受的具体对象。它是通过美感来摄取的美，而不是美感的主观的心理活动自身。就像物质的内容结构和规律是抽象思维所摄取的，但自身却不是抽象思维而是具体事物。所以专在心内搜寻是达不到美的踪迹的。美的踪迹要到自然、人生、社会的具体形象里去找。

　　但是心的陶冶、心的修养和锻炼是替美的发现和体验作准备。创造"美"也是如此。奥地利诗人里尔克在他的《柏列格的随笔》

里一段话精深微妙,梁宗岱曾把它译出,介绍如下:

> ……一个人早年作的诗是这般缺乏意义,我们应该毕生期待和采集,如果可能,还要悠长的一生;然后,到晚年,或者可以写出十行好诗。因为诗并不像大家所想象,徒是情感(这是我们很早就有了的),而是经验。单要写一句诗,我们得要观察过许多城、许多人、许多物,得要认识走兽,得要感到鸟儿怎样飞翔和知道小花清晨舒展的姿势。得要能够回忆许多远路和僻境,意外的邂逅,眼光望它接近的分离,神秘还未启明的童年,和容易生气的父母,当他们给你一件礼物而你不明白的时候(因为那原是为另一人设的欢喜)和离奇变幻的小孩子的病,和在一间静穆而紧闭的房里度过的日子,海滨的清晨和海的自身,和那与星斗齐飞的高声呼号的夜间的旅行——而单是这些犹未足,还要享受过许多夜不同的狂欢,听过妇人产时的呻吟,和坠地便瞑目的婴儿轻微的哭声,还要曾经坐临终人的床头和死者的身边,在那打开的,外边的声音一阵阵涌进来的房里。可是单有记忆犹未足,还要能够忘记它们,当它们太拥挤的时候,还要有很大忍耐去期待它们回来。因为回忆本身还不是这个,必要等到它们变成我们的血液、眼色和姿势了,等到它们没有了名字而且不能别于我们自己了,那么,然后可以希望在极难得

的顷刻,在它们当中伸出一句诗的头一个字来。

这里是大诗人里尔克在许许多多的事物里、经验里,去踪迹诗,去发现美,多么艰辛的劳动呀!他说:诗不徒是感情,而是经验。现在我们也就转过方向,从客观条件来考察美的对象的构成。改造我们的感情,使它能够发现美,中国古人曾经把这唤作"移我情",改变着客观世界的现象,使它能够成为美的对象,中国古人曾经把这唤作"移世界"。

"移我情""移世界",是美的形象涌现出来的条件。

我们上面所引长沙女子郭六芳诗中说过"今日忽从江上望,始知家在画图中",这是心理距离构成审美的条件。"十二珠帘夕照红"却构成这幅美的形象的客观的、积极的因素。夕照、月明、灯光、帘幕、薄纱、轻雾,人人知道这些是助成美的出现的有力的因素,现代的照相术和舞台布景知道这个而尽量利用着。中国古人曾经唤作"移世界"。

明朝文人张大复在他的《梅花草堂笔谈》里记述着:

邵茂齐有言,天上月色能移世界,果然!故夫山石泉涧,梵刹园亭,屋庐竹树,种种常见之物,月照之则深,蒙之则净,金碧之彩,披之则醇,惨悴之容,承之则奇,浅深浓淡之色,按之望之,则屡易而不可了。以至河山大地,邈若皇古,犬吠松涛,远于岩谷,草生木长,闲如坐卧,人在月下,亦尝忘我之为我也。今夜严叔向,置酒破山僧舍,起步庭中,幽华可爱,旦视之,酱盎纷然,瓦石布地而已,戏书此以信茂齐之语,时十月十六日,万历丙午三十四年也。

月亮真是一个大艺术家,转瞬之间替我们移易了世界,美的形象,涌现在眼前。但是第二天早晨起来看,瓦石布地而已。于是有人得出结论说:美是不存在的。我却要更进一步推论说,瓦石也只是无色无形的原子或电磁波,而这个也只是思想的假设,我们能抓住的只是一堆抽象数学方程式而已。究竟什么是真实的存在?所以我们要回转头来说,我们现实生活里直接经验到,不以我们的意志为转移的,丰富多彩的,有声有色、有形有相的世界就是真实存在的世界,这是我们生活和创造的园地。所以马克思很欣赏近代唯物论的创始者培根的著作里所说的"物质以其感觉的、诗意的光辉向着整个的人微笑"(见《神圣家族》),而不满意霍布斯的唯物论里"感觉失去了它的光辉而变为几何学家的抽象感觉,唯物论变成了厌世论"。在这里物的感性的质、光、色、声、热等不是物质所固有的了，光、色、声中的美更成了主观的东西，于是世界成了灰白色的骸骨，机械的、死的过程。恩格斯也主张我们的思想要像一面镜子，如实地反映这多彩的世界。美是存在着的！世界是美的，生活是美的。它和真和善是人类社会努力的目标，是哲学探索和建立的对象。

美不但是不以我们的意志为转移的客观存在，反过来，它影响着我们，它教育着我们，提高生活的境界和意趣。它的力量大极了，它也可以倾国倾城。希腊大诗人荷马的著名史诗《伊利亚特》歌咏希腊联军围攻特罗亚九年，为的是夺回美人海伦，而海伦的美叫他们感到九年的辛劳和牺牲不是白费的。现在引述这一段名句：

> 特罗亚长老们也一样地高踞城雉，
> 当他们看见了海伦在城垣上出现，
> 老人们便轻轻低语，彼此交谈机密：
> "怪不得特罗亚人和坚胫甲阿开人
> 为了这个女人这么久忍受苦难呢，
> 她看来活像个青春长驻的女神。
> 可是，尽管她多美，也让她乘船去吧，
> 别留这里给我们子子孙孙做祸根。"
>
> （缪朗山译《伊利亚特》）

荷马不用浓丽的辞藻来描绘海伦的容貌，而从她的巨大的、残酷的影响和力量轻轻地点出她的倾国倾城的美。这是他的艺术高超处，也是后人所赞叹不已的。

我们寻到美了吗？我说，我们或许接触到美的力量，肯定了它的存在，而它的无限的丰富内涵却是不断地待我们去发现；千百年来的诗人、艺术家已经发现了不少，保藏在他们的作品里，千百年后的世界仍会有新的表现。"第一个造出新节奏来的人，就是一个拓展了我们的感性并使它更为高明的人！"

关于美学研究的几点意见[1]

一、要从比较中见出中国美学的特点

中国美学有悠久的历史，材料丰富，成就很高，要很好地进行研究。同时也要了解西方的美学，要在比较中见出中国美学的特点。

就拿园林艺术来说，中国的园林就很有自己的特点。颐和园、苏州园林以及《红楼梦》中的大观园，都和西方园林不同。像法国凡尔赛等地的园林，一进去，就是笔直的通道，横平竖直，都是几何形的。中国园林，进门是个大影壁，绕过去，里面遮遮掩掩，曲曲折折，变化多端，走几步就是一番风景，韵味无穷。把中国园林跟法国园林作些比较，就可以看出两者的艺术观、美学观是不同的。

---

[1] 原文刊载于《文艺研究》第2期（1981年），是根据作者1980年在高校美学教师进修班上的讲话整理而成。——编者注

可否这样说，在美学思想发展的最初阶段，中国重形象，西方重理性。先秦诸子有多少美学思想？应该如何估价？要综合起来研究，看看它们有什么特点。比如庄子，他的文章做得很好，善于利用寓言故事、利用艺术形象来表达他的思想，生动活泼。有些故事，我们可以看成是他的艺术理论，但在他自己来说，是为了表达一定的哲学思想的。庄子的思想对后世的文学、绘画等的影响很大。它影响到后来的诗人如陶渊明、苏东坡，还有间接一点的谢灵运，对于山水风景等自然界的兴趣。对后人影响大的，还有老子、墨子、孔子、孟子等人的思想。儒家思想影响最大，时间最长。而西洋美学是从古希腊传下来的，基本上是一个理性主义的传统，注重规则、规律。方方正正的几何体园林布局也正是这种传统美学思想的体现。

世界上有两部书对后世的艺术影响很大。一部是中国的《诗经》，一部是荷马的叙事诗《荷马史诗》。《诗经》重情感，重对自然景物的欣赏，重道德；在抒情诗中，写的是情感，而大多表现的是一定的伦理思想。与此相异的是，希腊叙事诗重人，侧重于描写广阔的背景、人物、故事。《荷马史诗》也影响了雕刻，希腊雕刻就是以人体为主的。

中国的艺术，如人体画方面，受到希腊艺术间接的影响，那是通过丝绸之路从印度、波斯等国传进来的。中国的石刻，也受到印度的影响。但中国有自己的特点。中国重线条，古代画就用线条来勾画人物。在石刻中也如此，汉石刻，注意线条传神，不像希腊那样立体化。西洋的透视学在明代就传入中国，但在中国并不受重视，甚至受抵制。中国的画同书法、诗结合得尤为密切。中国的毛笔灵巧得很。这个工具，对于中国艺术与美学思想的发展来说，其作用是不可忽视的。这是中国所特有的。研究中国美学就不能不注意它和外国美学的区别。中外美学思想的比较，我们做了一些工作，取得了一定的成果。这方面的研究还要深入做下去。

二、要重视中国人美感发展史的研究

中国古代文物很多。新中国成立后地下发掘的文物增加了不少。北京条件很好，故宫博物院收藏的东西很丰富。西安、郑州等一带是我国考古工作的中心地区，最近还挖掘了一个东周的古城。在湖北发现了编钟、编磬。编钟的声音好听极了，连今天的乐曲都能演奏。这是世界美学史上难得的东西。可以看出中国两千多年前对音律掌握的水平。那时我国的音乐就已经很发达了。难怪孔子那么重视音乐。那么丰富的文物被发掘了出来，考古学家光忙于考古，还来不及对这些文物从美学等方面加以深入的研究，我们专门搞美学的同志要好好利用这些无价之宝。

对于文物的收集、保护和研究，是我们一个很重要的任务。中国的雕塑，如敦煌的雕塑，好得很。靠近内地一点，云冈石窟和龙门石窟，规模很大，很有水平。尤其是龙门石像，艺术价值更高。那么大的雕像，那么逼真的神态、衣服等，很了不起。西洋人一看，惊叹不已。那些古代艺术家连个名字也不留。当然也有例外。南京栖霞山有不少的山洞，洞里有石刻。我看到有尊佛像，在后面的一个角落里，雕了一个拿着斧头的石匠的像。这就是艺术家特别的签名法，很有意思。这说明艺术家发现了自我，看到了自己的力量："我有我的创造，我有我的地位！"像这些地方的雕塑，应注意保护并加以研究。西洋人对中国的文物很感兴趣，但毕竟研究起来不方便，文字就是一个大难关。还有他们搞不如我们搞那么亲切。敦煌的东西在巴黎不少，他们看不懂，至今也没有介绍出来。我希望，为了发展美学事业，可以合作研究，作为世界艺术的成果公诸于世。

多少年来，有一种偏见，认为像中国象牙雕刻等装饰性的东西是雕虫小技。这也是受文人的影响，瞧不起这些工艺美术。现在应该打破这种偏见。古老的陶器是中国最早的艺术品之一，也应重视。研究中国美学思想和艺术史，有一个不足，就是夏朝的东西找不到。那时有没有青铜器？现在不能断定。商代的铜器就很多，工艺水平已经很高了。从美学观点来看，最早的、值得研究的首先是陶器上的花纹。这些花纹不尽是模仿自然的形象，多是人的创造。这些花纹主要是图案，千变万化，丰富得很。研究中国古代的美感应该研究这些东西。仰韶文化时就有彩陶了。最近出了一本《甘肃彩陶》，颜色、图案、花纹都值得研究。那彩陶是中国最早的艺术材料。我们不仅应研究山水、人物画，也要研究图案。要研究各种文化遗产，如龙凤艺术。龙和凤都不是现实的东西，龙凤图案不是现实东西的模仿，但对中国现实影响很大。古代装饰上尽是这些东西。研究这些东西，可以理解中国人的美感形态。现代西方的一些画派画家，譬如毕加索等，就是从一些小岛上发现最古老的花纹、原始图案，加以改造进行创新的。把图案几何化，于是就形成表现主义、立体主义、几何主义等新学派。他们都是从古代的东西中汲取营养，创立新画派，成为大画家的。我并不是主张我们今天应该像他们那样走，但是，中国古代的东西，我们自己应该研究。我们要从这些材料出发，研究中国美感的特点和发展规律，找出中国美学的特点，找出中国美学发展史的规律来。

三、路是走出来的，不是想出来的

中国有个传统说法，叫"诗中有画，画中有诗"。外国有人批评说，中国把画归入诗，变成文学作品了。其实我觉得，把诗、书、画结合起来，没有什么不好。艺术应该自由一些。艺术家应该自由创造，走自己的路。规定得太死了，对艺术没有什么好处。

在艺术方面，现在国外有各种动向。中国的路怎么走法？路是走出来的，不是想出来的。我们要研究中国的美学材料，研究中国美学史，找出规律性的东西，对今后的发展提出个人意见，供人们参考，而不是要规定什么。

搞美学的人应打开眼界，多看看，对各种流派不要轻易地下结论。历史上这样的事例很多：一种新的派别出来，往往被人骂，但是到后来，影响都是很大的。毕加索的影响就很大，研究他的人不少。马蒂斯，把他的名字译成"马踢死"。但是马蒂斯也有他的价值，他别出心裁。现在他的画比古画还值钱。像毕加索、马蒂斯等人，他们的画究竟怎么样，还要靠历史来检验。我主张在艺术上采取宽容的政策。现在有些外国画，我们看不懂，不知它究竟是不是艺术，画的是什么，美在什么地方，那就多看看，多研究研究吧。不好的，看过了就算了，丢掉就是了，对我们也没有什么妨碍。

对于搞创作的，我主张鼓励他们多创作。我有一些画画的朋友，过去画西洋画，画模特儿很认真，后来到晚年又转画中国画，取得很好的成就。因为他过去有画西洋画的基础，所以放开笔来画中国画，就形成了自己的特点。齐白石、徐悲鸿、刘海粟等人，到晚年的画都有很大的进步。要鼓励创新，对有些新东西，不要轻易说这个是不美的、那个是不好的，要多了解，多研究。对绘画如此，对文学作品也是如此。一部小说、一篇散文，能有些新意那是不容易的，应该鼓励大家创造。失败了也不要紧，可以重来。搞艺术批评的人要尽量宽容些。搞美学研究，也需要从发展的观点来看问题。要让作品在社会上多经一些人看看。这对中国美学和艺术的发展是会有好处的。

中国艺术有自己的悠久的传统。历史上，我们也吸收外来的东西，吸收之后就很快地发展了自己的东西。拿雕塑来说，虽然受到了印度的影响，也间接地受到希腊的影响，人物多是佛像，但是中国人的面貌、中国人的神态，很快就强烈地表现出来了；线条、衣服等，也都中国化了。越是靠近中国内地，中国化得越厉害。所以，我看吸收外国艺术表现手法这问题不用过于担心。他画西洋画，画得好了，也很好嘛。反过来再画中国画，创造自己的特点，也很好。"百花齐放，百家争鸣"，这确实是发展文化艺术的规律。至于艺术家创作的作品是不是花,先让它长出来,历史自会作结论。中国美学的发展,也只有"百家争鸣",大家用认真的、科学的态度对待问题,联系实际,好好讨论、研究,才可望取得更大的成果。中国人民是富有艺术才能的。随着社会的安定和进步,经过大家的努力,艺术必然会繁荣起来,美学也会大有发展。总之,对于艺术与美学的前景,我是很乐观的。

谈技术美学[1]

（技术美学）这是一门很有前途、大有可为的实用性美学。

这门新学科对国家"四化"建设的实际作用是不能低估的。谁都要劳动，谁都要使用器具，谁都要在劳动和使用生活器具中陶冶自己的情感、审美趣味。技术美学或工业设计艺术在物质文明和精神文明中能发挥积极的作用。

钱学森同志发表文章，提倡科学技术与文学艺术结成联盟，这恐怕就是技术美学和工业设计的真谛吧！但是，懂科学又懂艺术的人并不多。过去一提美学就是艺术，艺术中当然有美，技术与美似乎没有关系，其实，技术也可以是美的。在我国技术与艺术的结合就更不够了。懂得美学与艺术的不懂科学技术，懂得科学技术的又

---

[1] 宗先生在技术美学方面的研究成果，后由张帆收集编撰成《开拓美学领域——宗白华谈技术美学》的论文集出版。原文刊载于《文艺研究》。——编者注

第一章 唯美的眼光

不懂美学和艺术，你缺一条腿，我缺另一条腿，你干你的技术，我干我的艺术，所以，设计的产品要么不好看，不招人喜欢，要么就过于华丽、装饰累赘，摆着虽然也好看，用起来却不方便。这个矛盾怎么才能解决呢？外国早就注意并研究了，也取得了很好的成绩。而在我国过去没有足够的重视，研究者很少，很不够。起码说我们这些老美学工作者研究得很不够。时代总是要给人带来局限性的，我们那时研究美学注重艺术，实用品注重研究工艺美术。时代不同了，时代总要提出新的课题，现在的人造物大量是机械化的工业技术产品，怎么使技术与艺术两种因素结合起来呢？这是一个具体而又细致的、新的问题。你要把两种因素结合在具体的物上。为什么有的产品美，有的不美呢？这里总还有一个美的规律问题。总结现代物质生活和产品的经验，找到美学上的规律，再指导人造物的设计。这个学科急待研究又不能着急，要扎扎实实地研究。

研究这方面的问题不能忘了同社会学的关系。因为人对物的尺寸需要是社会性的需要，不光是纯生理上的需要。中国古籍上讲"器"与"礼"是不能分开的。君主用什么，诸侯用什么，士大夫用什么，平民用什么，不同等级的人有其标志不同地位的式样、尺寸、色彩、质料等，都有严格的等级规定。有一出戏叫《打銮驾》，西宫娘娘冒用了东宫娘娘的銮驾，打算阻止包拯陈州放粮，包公看准了她越

"礼"，就给砸了。说明这里既有器物参照人体尺寸制作的问题，还有一个器物制作符合官阶等级的需要问题，使用功能中有社会功能，有象征功能。古代说的当然是工艺制品。就技术美学与人体工程学的关系来说，技术产品除大众化的东西外，也不能完全排除不同人使用器物的社会功能和象征功能的问题，不过含义有所变化而已。

随着科学技术的发展，工业的发展，人们生活条件的改变，审美观念、审美趣味当然不会停留在原来的水平上而必然有变化，有发展。不过形式美学确实有它的继承关系，人们对美的追求，对美的鉴赏力，也有继承关系。而且人们总是喜欢多样化的，划一的东西看厌了，就会追求新鲜的、个别的、有差别的东西。民族的东西看多了，就会追求看一看外国的东西。大工业的划一的东西用多了，喜欢一点古色古香的手工东西。例如，现在青年人喜欢外国产品的造型，这也很正常，一是确实好看，二是新鲜。以后，我国的科学技术、工业生产上去了，生活提高了，像现在喜欢外国造型的产品用得普遍了，划一的东西多起来了，青年人也还会追求多样化的，不仅喜爱现代工业产品有更多的花色品种，也喜欢古色古香的工艺品来点缀、搭配自己的现代生活，充实自己的审美需要。只要是美的形式就不会被消灭的，当然它又总是要推陈出新的。所以，技术美学、工业设计、工艺美学、工艺美术，都是有发展前途的。

漫话中国美学 [1]

我们在北京大学汤用彤教授家里,听他谈治学的经过和经验。哲学系教授宗白华也在这里作客。他们二位一起谈论到美学问题:

汤用彤:你最近在研究什么?噢,正在参加编写《中国美学史》的工作,那么也应该从古籍中去收集些资料了。

宗白华:正在这样做,而且艺术界已编好或在动手编写一些专史,例如,音乐、绘画、戏剧及工艺美术等。中国古代的文论、画论、乐论里,有丰富的美学思想的资料,一些文人笔记和艺人的心得,虽则片言只语,也偶然可以发现精深的美

---

[1] 本文原为《光明日报》记者詹铭信访问汤用彤、宗白华先生的一篇访问记,发表于1961年8月19日《光明日报》上。——编者注

学见解。随便举个例子，《履园丛话》卷十二《艺能·堆假山》篇中有一段说："近时有戈裕良者，常州人，其堆法尤胜于诸家……尝论狮子林石洞皆界以条石，不算名手。余诘之曰：'不用条石，易于倾颓奈何？'戈曰：'只将大小石钩带联络，如造环桥法，可以千年不坏。要如真山洞壑一般，然后方称能事。'"这是中国园林艺术中的美学思想，指出艺术作品要依靠内在结构里的必然性，不依靠外来的支撑，道出了艺术的规律。像这样的美学材料，是很多的，只是散见于各种书籍中，不容易收集。

汤用彤：搜集资料的工作，还可以宽广一些，可能在无关紧要的书里，也会发现一两条与美学有关的材料。《大藏经》中有关于箜篌的记载，也可能对美学研究有用。

宗白华：是的，除此以外，也要研究西方的哲学思想和艺术的关系，从而分别出中外美学思想的不同特点。在西方，美学是大哲学家思想体系中的一部分，属于哲学史的内容。但是亚里士多德的《诗学》和希腊戏剧分不开，柏拉图的哲学思想也和希腊的史诗、雕塑艺术有密切关系。近来有人对此做了详细的考察，倒可算是一个新发现。要了解西方美学的特点，也必须从西方艺术背景着眼，但大部分仍是哲学家的美学。在中国，美学思想却更是总结了艺术实践，回过来又影响着艺术的发展。南齐谢赫的"六法"，总结了中国绘画艺术的经验。在他以前，中国绘画已达到很高的水平，六法中间的一法"气韵生动"，正是东周战国艺术的特征。音乐方面，《礼记》里公孙尼子的《乐记》，是一个较为完整的体系，对历史的音乐思想，具有支配的作用。还有受老庄思想影响的嵇康，他的《声无哀乐论》，其中也有精深的美学见解，他认为音乐反映着大自然里的客观规律——"道"，不是主观情感的发泄，这是极有价值的见解，可同近代西方音乐美学的争论相互印证。

宗白华： 上次在汤老家里，我已略为谈到了中西艺术和美学思想的不同，而中国的艺术几千年来一脉相传，始终是活跃着的，现在更是活跃着，美学思想也活跃起来了，追探过去，是很有意义的事情。比如，就从绘画和雕塑的关系而论，中西就有不同。希腊的绘画，立体感强，注重突出形体，讲究明暗，好像把雕塑搬到画上去。而中国则是绘画意匠占主要地位，以线纹为主，雕塑却有了画意。中国历史博物馆所藏的东汉四骑吏棨戟画像砖，本是以线纹为主的画，却又是浮雕，这是以画为主的立体雕刻。中国的雕塑和画，意境相通，密切结合，敦煌的彩塑和背后的壁画融成了一片画境，雕塑似画，和希腊的画似雕塑，适得其反。这确实是值得研究的，中国画中有诗，有书法，有音乐境界，也有雕塑。中国戏曲更是一种综合艺术，从中西戏曲表演方法的不同里，可以研究中西美学思想的分途。

记　者：中国戏曲是最典型的综合艺术。当代的许多表演艺术家有丰富的艺术实践经验和心得，其中有不少意见是独到的美学观点。最近，各个报刊上发表了许多谈艺录、艺文谭和访问记等。

宗白华：我读到过一些，觉得很有趣味。过去我们研究中国美学史的，大都注重从文论、诗论、乐论和画论中去收集资料，其实应当多多研究中国戏剧。盖叫天谈的艺术经验，其中有不少是精辟的美学见解。他说武松、李逵、石秀同是武生，但表现这些人物的神情举止，或是跌扑翻打、闪展腾挪，要切合各人的身份、地位和性格特征。又谈到一个演员技巧的洗练，往往从少到多又到少。他的话都寄寓着美学意味。研究中国美学史的人应当打破过去的一些成见，而从中国极为丰富的艺术成就和艺人的艺术思想里，去考察中国美学思想的特点。这不仅是为了理解我们自己的文学艺术遗产，同时也将对世界的美学探讨做出贡献。现在，有许多人开始从多方面进行探索和整理，运用了集体和个人结合的力量，这一定会使中国的美学大放光彩。

介绍两本关于中国画学的书并论中国的绘画[1]

美学的研究，虽然应当以整个的美的世界为对象，包含着宇宙美、人生美与艺术美，但向来的美学总倾向以艺术美为出发点，甚至以为是唯一研究的对象。因为艺术的创造是人类有意识地实现他的美的理想，我们也就从艺术中认识各时代、各民族心目中之所谓美。所以西洋的美学理论始终与西洋的艺术相表里，他们的美学以他们的艺术为基础。希腊时代的艺术给予西洋美学以"形式""和谐""自然模仿""复杂中之统一"等主要问题，至今不衰。文艺复兴以来，近代艺术则给予西洋美学以"生命表现"和"情感流露"等问题。而中国艺术的中心——绘画——则给予中国画学以"气韵生动""笔墨""虚实""阴阳明暗"等问题。将来的世界美学自当不

---

[1] 原文刊载于《图书评论》第 1 卷第 2 期（1932 年 10 月 1 日）。——编者注

拘于一时一地的艺术表现，而综合全世界古今的艺术理想，融合贯通，求美学上最普遍的原理而不轻忽各个性的特殊风格。因为美与美术的源泉是人类最深心灵与他们的环境世界接触相感时的波动。各个美术有它特殊的宇宙观与人生情绪为最深基础。中国的艺术与美学理论也自有它伟大独立的精神意义。所以中国的画学对将来的世界美学自有它特殊重要的贡献。

中国画中所表现的中国心灵究竟是怎样的？它与西洋精神的差别何在？古代希腊人心灵所反映的世界是一个 Cosmos（宇宙）。这就是一个圆满的、完成的、和谐的、秩序井然的宇宙。这宇宙是有限而宁静的。人体是这大宇宙中的小宇宙。他的和谐、他的秩序，是这宇宙精神的反映。所以希腊大艺术家雕刻人体石像以此为神的象征。他的哲学以"和谐"为美的原理。文艺复兴以来，近代人生则视宇宙为无限的空间与无限的活动。人生是向着这无尽的世界作无尽的努力。所以他们的艺术如"哥特式"的教堂高耸入太空，意向无尽。大画家伦勃朗所写画像皆是每一个心灵活跃的面貌，背负着苍茫无底的空间。歌德的《浮士德》是永不停息地前进追求。近代西洋文明心灵的符号可以说是"向着无尽的宇宙做无止境的奋勉"。

中国绘画里所表现的最深心灵究竟是什么？答曰：它既不是

以世界为有限的、圆满的现实而崇拜模仿，也不是向一无尽的世界作无尽的追求，烦闷苦恼，彷徨不安。它所表现的精神是一种"深沉静默地与这无限的自然、无限的太空浑然融化，体合为一"。它所启示的境界是静的，因为顺着自然法则运行的宇宙是虽动而静的，与自然精神合一的人生也是虽动而静的。它所描写的对象，山川、人物、花鸟、虫鱼，都充满着生命的动——气韵生动。但因为自然是顺法则的（老、庄所谓"道"），画家是默契自然的，所以画幅中潜存着一层深深的静寂。就是尺幅里的花鸟、虫鱼，也都像是沉落遗忘于宇宙悠渺的太空中，意境旷邈幽深。至于山水画如倪云林的一丘一壑，简之又简，譬如为道，损之又损，所得着的是一片空明中金刚不灭的精粹。它表现着无限的寂静，也同时表示着是自然最深、最后的结构。有如柏拉图的观念，纵然天地毁灭，此山此水的观念是毁灭不动的。

中国人感到这宇宙的深处是无形无色的虚空，而这虚空却是万物的源泉、万动的根本、生生不已的创造力。老、庄名之为"道"、为"自然"、为"虚无"，儒家名之为"天"。万象皆从空虚中来，向空虚中去。所以纸上的空白是中国画真正的画底。西洋油画先用颜色全部涂抹画底，然后在上面依据远近法或名透视法（Perspective）幻现出目可睹、手可捉摸的真景。它的境界是世界中有限的、具体的一域。中国画则在一片空白上随意布放几个人物,不知是人物在空间,还是空间因人物而显。人与空间,融成一片,俱是无尽的气韵生动。我们觉得在这无边的世界里,只有这几个人,并不嫌其少。而这几个人在这空白的环境里,并不觉得没有世界。因为中国画底的空白在画的整个的意境上并不是真空,乃正是宇宙灵气往来、生命流动之处。笪重光说:"虚实相生,无画处皆成妙境。"这无画处的空白正是老、庄宇宙观中的"虚无"。它是万象的源泉、万动的根本。中国山水画是最客观的,超脱了小己主观地位的远近法以写大自然千里山川。或是登高远眺云山烟景、无垠的太空、浑茫的大气,整个的无边宇宙是这一片云山的背景。中国画家不是以一区域具体的自然景物为"模特儿",对坐而描摹之,使画境与观者、作者相对立。中国画的山水往往是一片荒寒,恍如原始的天地,不见人迹,没有作者,亦没有观者,纯然一块自然本体、自然生命。所以虽然也有阴阳明暗,远近大小,却不是站立在一固定的观点所看见的 Plastic(造型的)形色阴影,如西洋油画。西画、中画观照宇宙的立场与出发点根本不同。一是具体可捉摸的空间,由线条与光线表现(西洋油色的光彩使画境空灵生动。中画颜色单纯而无光,不及油画,乃另求方法,于是以水墨渲染为重)。一是浑茫的太空,无边的宇宙，此中景物有明暗而无阴影。有人欲融合中、西画法于一张画面的，结果无不失败，因为没有注意这宇宙立场的不同。清代的郎世宁、现代的陶冷月就是个例子（西洋印象派乃是写个人主观立场的印象，表现派是主观幻想情感的表现，而中画是客观的自然生命，不能混为一谈）。中国画不是没有作家个性的表现，他的心灵特性早已全部化在笔墨里面。有时抑或寄托于一二个人物，浑然坐忘于山水中间，如树、如石、如水、如云，是大自然的一体。

所以中国宋元山水画是最写实的作品，而同时是最空灵的精神表现，心灵与自然完全合一。花鸟画所表现的亦复如是。布莱克的诗句"一沙一世界，一花一天国"，真可以用来咏赞一幅精妙的宋人花鸟。一天的春色寄托在数点桃花，二三只水鸟启示着自然的无限生机。中国人不是像浮士德"追求"着"无限"，乃是在一丘一壑、一花一鸟中发现了无限，表现了无限，所以他的态度是悠然意远而又怡然自足的。他是超脱的，但又不是出世的。他的画是讲求空灵的，但又是极写实的。他以气韵生动为理想，但又要充满着静气。一言蔽之，他是最超越自然而又最切近自然，是世界最心灵化的艺术（德国艺术学者O. Fischer的批评），而同时是自然的本身。表现这种微妙艺术的工具是那最抽象、最灵活的笔与墨。笔墨的运用,神妙无穷,也是千余年来各个画家的秘密。无数画学理论所发挥的,我们在此地不及详细讨论了。

中国有数千年绘画艺术光荣的历史,同时也有自公元5世纪以来精深的画学。谢赫的"六法论"综合前人的理论,奠定后来的基础。以后画家、鉴赏家论画的著作浩如烟海。其中的精思妙论不仅是将来世界美学极重要的材料,也是了解中国文化心灵最重要的源泉(现代画家徐悲鸿写有《废话》一书,发挥中国艺术的真谛,颇有为前人所未知的,尚未付刊)。但可惜断金碎玉散于各书,没有系统地整理。今幸有郑午昌先生著《中国画学全史》,二十余万字,综述中国绘画与画学的历史。黄憩园先生则将画法理论"分别部居,以类相比,勒为一书,俾天下学者治一书而诸书之粹义灿然在目"。两书帮助研究中国画理、画法很有意义。现在简单介绍于后,希望读者进一步看他们的原书。

郑午昌先生以五年的时间和精力来编纂《中国画学全史》,划分为四大时期,即:(一)实用时期;(二)礼教时期;(三)宗教化时期;(四)文学化时期。除周秦以前因绘画幼稚,资料不足,无法叙述外,自汉迄清划代为章。每章分四节:(一)概况,概论一代绘画的源流、派别及其盛衰的状况;(二)画迹,举各家名迹之已为鉴赏家所记录或曾经著者目睹而确有价值者集录之;(三)画家，叙一时代绘画宗匠之姓名、爵里、生卒年月；（四）画论，博采画家、鉴赏家论画的学说。其后又有附录四：（一）历代关于画学之著述；（二）历代各地画家百分比例表；（三）历代各种绘画盛衰比例表；（四）近代画家传略。

此书熔画史、画论于一炉，叙述详明，条理周密，文笔畅达，理论与事实并重，诚是一本空前的著作。读者若细心阅过，必能对世界文化史上这一件大事——中国的绘画（与希腊的雕刻和德国的音乐鼎足而三的）——有相当的了解与认识。

历史的、综合的叙述固然重要，但若有人从这些过分丰富的材料中系统地提选出各个问题，将先贤的画法理论分门别类，罗列摘录，使读者对中国绘画中各主要问题一目了然，而在每个问题的门类中合观许多论家各方面的意见，则不仅便利研究者，且为将来中国美学原理系统化之初步。

黄憩园先生的《山水画法类丛》就是这样的一本书。他因为"古人论画之书，多详于画评、画史，而略于画法，本书则专谈画法，而不及画评、画史。根据各家学说，断以个人意见"。他这本书分上下篇，每篇分若干类，每类分若干段。每段各有题，以便读者检阅。上篇的内容列为五类：（一）局势——又分天地位置、远近大小、宾主、虚实等问题十四段；（二）笔墨——分名称、用笔轻重、繁简、用墨浓淡等问题二十四段；（三）景象——分明暗、阴暗、阴影、倒影等五段；（四）杂论——包含画品、画理、六法、十二忌、师古人与师自然、作画之修养、南北宗、西法之参用等问题共有二十九段。下篇则分画山、画石、皴染、画树、画云、画人等若干类。全书系统化的分类，惜乎著者没有说明其原理与标准。所以当然还有许多可以商榷改变的地方。但是著者用这分类的方法概述千余年来的画法理论，实在是便于学国画及研究画理者。尤其是每一门中罗列各家不同的意见，使研究者不致偏向一方，而真理往往是由辩证的方式阐明的。

论《世说新语》和晋人的美[1]

汉末魏晋六朝是中国政治上最混乱、社会上最苦痛的时代,然而却是精神史上极自由、极解放,最富于智慧、最浓于热情的一个时代。因此,也就是最富有艺术精神的一个时代。王羲之父子的字,顾恺之和陆探微的画,戴逵和戴颙的雕塑,嵇康的《广陵散》(琴曲),曹植、阮籍、陶潜、谢灵运、鲍照、谢朓的诗,郦道元、杨衒之的写景文,云冈、龙门壮伟的造像,洛阳和南朝的闳丽的寺院,无不是光芒万丈,前无古人,奠定了后代文学艺术的根基与趋向。

这个时代以前——汉代,在艺术上过于质朴,在思想上定于

---

[1] 原文刊载于《星期评论》第10期(1941年1月)。同年4月作者修订了此稿,并将修订稿发表于《时事新报·学灯》第126期上(1941年4月),附题为"增订稿"。现收入本书的为增订稿。——编者注

第一章　唯美的眼光

一尊,统治于儒教;这个时代以后——唐代,在艺术上过于成熟,在思想上又入于儒、佛、道三教的支配。只有这几百年间是精神上的大解放,人格上、思想上的大自由。人心里面的美与丑、高贵与残忍、圣洁与恶魔,同样发挥到了极致。这也是中国周秦诸子以后第二度的哲学时代,一些卓越的哲学天才——佛教的大师,也是生在这个时代。

这是中国人生活史里点缀着最多的悲剧、富于命运的"罗曼史"的一个时期,八王之乱、五胡乱华、南北朝分裂,酿成社会秩序的大解体、旧礼教的总崩溃、思想和信仰的自由、艺术创造精神的勃发,使我们联想到西欧16世纪的"文艺复兴"。这是强烈、矛盾、热情、浓于生命色彩的一个时代。

但是西洋"文艺复兴"的艺术(建筑、绘画、雕刻)所表现的美,是浓郁的、华贵的、壮硕的;魏晋人则倾向简约玄澹、超然绝俗的哲学的美,晋人的书法是这美的最具体的表现。

这晋人的美,是这全时代的高峰。《世说新语》一书记述得挺生动,能以简劲的笔墨画出他们的精神面貌、若干人物的性格、时代的色彩和空气。文笔的简约玄澹尤能传神。撰述人刘义庆生于晋末,注释者刘孝标也是梁人;当时晋人的流风余韵犹未泯灭,所述的内容,至少在精神的传模方面,离真相不远(唐修《晋书》

也多取材于它）。

要研究中国人的美感和艺术精神的特性，《世说新语》一书里有不少重要的资料和启示，是不可忽略的。今就个人读书札记粗略举出数点，以供读者参考，详细而有系统地发挥，则有待于将来。

（一）魏晋人生活上、人格上的自然主义和个性主义，解脱了汉代儒教统治下的礼法束缚，在政治上先已表现于曹操那种超道德观念的用人标准。一般知识分子多半超脱礼法观点直接欣赏人格个性之美，尊重个性价值。桓温问殷浩曰："卿何如我？"殷答曰："我与我周旋久，宁作我！"这种自我价值的发现和肯定，在西洋是文艺复兴以来的事。而《世说新语》上第六篇《雅量》、第七篇《识鉴》、第八篇《赏誉》、第九篇《品藻》、第十四篇《容止》，都系鉴赏和形容"人格个性之美"的。而美学上的评赏，所谓"品藻"的对象乃在"人物"。中国美学竟是出发于"人物品藻"之美学。美的概念、范畴、形容词，发源于人格美的评赏。"君子比德于玉"，中国人对于人格美的爱赏渊源极早，而品藻人物的空气，已盛行于汉末。到"《世说新语》时代"则登峰造极了（《世说新语》载："世论温太真是过江第二流之高者。时名辈共说人物，第一将尽之间，温常失色。"即此可见当时人物品藻在社会上的势力）。

中国艺术和文学批评的名著，谢赫的《画品》，袁昂、庾肩吾的《画品》、钟嵘的《诗品》、刘勰的《文心雕龙》，都产生在这热闹的品藻人物的空气中。后来唐代司空图的《二十四诗品》，乃集我国美感范畴之大成。

（二）山水美的发现和晋人的艺术心灵。《世说》载东晋画家顾恺之从会稽还，人问山水之美，顾云："千岩竞秀，万壑争流，草木蒙笼其上，若云兴霞蔚。"这几句话不是后来五代北宋荆（浩）、关（仝）、董（源）、巨（然）等山水画境界的绝妙写照吗？中国伟大的山水画的意境，已包具于晋人对自然美的发现中了！而《世说》载简文帝入华林园，顾谓左右曰："会心处不必在远，翳然林水，便自有濠濮间想也。觉鸟兽禽鱼自来亲人。"这不又是元人山水花鸟小幅，黄大痴、倪云林、钱舜举、王若水的画境吗？（中国南宗画派的精意在于表现一种潇洒胸襟，这也是晋人的流风余韵。）

晋宋人欣赏山水，由实入虚，即实即虚，超入玄境。当时画家宗炳云："山水质有而趣灵。"诗人陶渊明有"采菊东篱下，悠然见南山""此中有真意，欲辨已忘言"，谢灵运有"溟涨无端倪，虚舟有超越"，以及袁彦伯的"江山辽落，居然有万里之势"。王右军与谢太傅共登冶城，谢悠然远想，有高世之志。荀中郎登北固望海云："虽未睹三山，便自使人有凌云意。"晋宋人欣赏自然，有"目送归鸿，手挥五弦"的超然玄远的意趣。这使中国山水画自始即是一种"意境中的山水"。宗炳画所游山水悬于室中，对之云："抚琴动操，欲令众山皆响"！郭景纯有诗句曰："林无静树，川无停流"，阮孚评之云："泓峥萧瑟，实不可言，每读此文，辄觉神超形越。"这玄远幽深的哲学意味深透在当时人的美感和自然欣赏中。

晋人以虚灵的胸襟、玄学的意味体会自然，乃能表里澄澈，一片空明，建立最高的、晶莹的美的意境！司空图《二十四诗品》里曾形容艺术心灵为"空潭泻春，古镜照神"，此境晋人有之：

王羲之曰："从山阴道上行，如在镜中游！"

心情的朗澄，使山川影映在光明净体中！

王司州（修龄）至吴兴印渚中看，叹曰："非唯使人情开涤，亦觉日月清朗！"

司马太傅（道子）斋中夜坐，于时天月明净，都无纤翳，太傅叹以为佳。谢景重在坐，答曰："意谓乃不如微云点缀。"太傅因戏谢曰："卿居心不净，乃复强欲滓秽太清邪？"

这样高洁爱赏自然的胸襟，才能够在中国山水画的演进中产生元人倪云林那样"洗尽尘滓，独存孤迥""潜移造化而与天游""乘云御风，以游于尘埃之表"（皆恽南田评倪画语），创立一个玉洁冰清，宇宙般幽深的山水灵境。晋人的美的理想，很可以注意的，是显著的追慕着光明鲜洁、晶莹发亮的意象。他们赞赏人格美的形容词像"濯濯如春月柳""轩轩如朝霞举""清风朗月""玉山""玉树""磊砢而英多""爽朗清举"，都是一片光亮意象。甚至于殷仲堪死后，殷仲文称他"虽不能休明一世，足以映彻九泉"。形容自然界的如"清露晨流，新桐初引"。形容建筑的如"遥望层城，丹楼如霞"。庄子的理想人格"藐姑射之山，有神人居焉，肌肤若冰雪，绰约若处子"，不是这晋人的美的意象的源泉吗？桓温谓谢尚"企脚北窗下弹琵琶，故自有天际真人想"。"天际真人"是晋人理想的人格，也是理想的美。

晋人风神潇洒，不滞于物，这优美的、自由的心灵找到一种最适宜于表现他自己的艺术，这就是书法中的行草。行草艺术纯系一片神机，无法而有法，全在于下笔时点画自如，一点一拂皆有情趣，从头至尾，一气呵成，如天马行空，游行自在。又如庖丁之切中肯綮，神行于虚。这种超妙的艺术，只有晋人萧散超脱的心灵，才能心手相应，登峰造极。魏晋书法的特色，是能尽各字的真态。"钟繇每点多异，羲之万字不同。""晋人结字用理……用理则从心所欲不逾矩。"唐代张怀瓘《书议》评王献之书云："子敬之法，非草非行，流便于草，开张于行，草又处其中间。无藉因循，宁拘制则；挺然秀出，务于简易；情驰神纵，超逸优游；临事制宜，从意适便。有若风行雨散，润色开花，笔法体势之中，最为风流者也！逸少秉真行之要，子敬执行草之权，父之灵和，子之神俊，皆古今之独绝也。"他这一段话不但传出行草艺术的真精神，且将晋人这自由潇洒的艺术人格形容尽致。中国独有的美术书法——这书法也是中国绘画艺术的灵魂——是从晋人的风韵中产生的。魏晋的玄学使晋人得到空前绝后的精神解放，晋人的书法是这自由的精神人格最具体、最适当的艺术表现。这抽象的音乐似的艺术才能表达出晋人的空灵的玄学精神和个性主义的自我价值。欧阳修云："余尝喜览魏晋以来笔墨遗迹，而想前人之高致也！所谓法帖者，其事率皆吊哀候病，叙睽离，通讯问，施于家人朋友之间，不过数行而已。盖其初非用意，而逸笔余兴，淋漓挥洒，或妍或丑，百态横生，披卷发函，烂然在目，使骤见惊绝，徐而视之，其意态如无穷尽，使后世得之，以为奇玩，而想见其为人也！"个性价值之发现，是"《世说新语》时代"的最大贡献，而晋人的书法是这个性主义的代表艺术。到了隋唐，晋人书艺中的"神理"凝成了"法"，于是"智永精熟过人，惜无奇态矣"。

（三）晋人艺术境界造诣的高，不仅是基于他们的意趣超越，深入玄境，尊重个性，生机活泼，更主要的还是他们的"一往情深"！无论对于自然，对于探求哲理，对于友谊，都有可述：

王子敬云："从山阴道上行，山川自相映发，使人应接不暇。若秋冬之际，尤难为怀！"

好一个"若秋冬之际，尤难为怀"！

卫玠总角时问乐令"梦"。乐云："是想。"卫曰："形神所不接而梦，岂是想邪？"乐云："因也。未尝梦乘车入鼠穴，捣齑啖铁杵，皆无想无因故也。"卫思因经日不得，遂成病。乐闻，故命驾为剖析之，卫即小差。乐叹曰："此儿胸中，当必无膏肓之疾！"

卫玠姿容极美，风度翩翩，而因思索玄理不得，竟至成病，这不是柏拉图所说的富有"爱智的热情"吗？

晋人虽超，未能忘情，所谓"情之所钟，正在我辈"（王戎语）！是哀乐过人，不同流俗。尤以对于朋友之爱，里面富有人格美的倾慕。《世说新语》中《伤逝》一篇记述颇为动人。庾亮死，何扬州临葬云："埋玉树著土中，使人情何能已已！"伤逝中犹具悼惜美之幻灭的意思。

顾长康拜桓宣武墓，作诗云："山崩溟海竭，鱼鸟将何依？"人问之曰："卿凭重桓乃尔，哭之状其可见乎？"顾曰："鼻如广莫长风，眼如悬河决溜！"

顾彦先平生好琴，及丧，家人常以琴置灵床上，张季鹰往哭之，不胜其恸，遂径上床，鼓琴，作数曲竟，抚琴曰："顾彦先颇复赏此不？"因又大恸，遂不执孝子手而出。

桓子野每闻清歌，辄唤"奈何"，谢公闻之，曰："子野可谓一往有深情。"

> 王长史登茅山,大恸哭曰:"琅邪王伯舆,终当为情死!"

> (阮籍)时率意独驾,不由径路,车迹所穷,辄恸哭而返。

深于情者,不仅对宇宙、人生体会到至深的、无名的哀感,扩而充之,可以成为耶稣、释迦的悲天悯人;就是快乐的体验也是深入肺腑,惊心动魄;浅俗薄情的人,不仅不能深哀,且不知所谓真乐:

> 羲之既去官,与东土人士尽山水之游,弋钓为娱。……穷诸名山,泛沧海,叹曰:"我卒当以乐死!"

晋人富于这种宇宙的深情,所以在艺术文学上有那样不可企及的成就。顾恺之有三绝:画绝、才绝、痴绝。其痴尤不可及!陶渊明的纯厚天真与侠情,也是后人不能到处。

晋人向外发现了自然,向内发现了自己的深情。山水虚灵化了,也情致化了。陶渊明、谢灵运这般人的山水诗那样的好,是由于他们对于自然有那一股新鲜发现时身入化境、浓酣忘我的趣味;他们随手写来,都成妙谛,境与神会,真气扑人。谢灵运的"池塘生春草"也只是新鲜自然而已。然而扩而大之,体而深之,就能构成一种泛神论宇宙观,作为艺术文学的基础。孙绰《游天台山赋》云:"恣语乐以终日,等寂默于不言。浑万象以冥观,兀同体于自然。"又云:"游览既周,体静心闲。害马既去,世事多捐。投刃皆虚,目牛无全。凝思幽岩,朗咏长川。"在这种深厚的自然体验下,产生了王羲之的《兰亭集序》(也称《兰亭序》),鲍照的《登大雷岸与妹书》,陶弘景、吴均的叙景短札,郦道元的《水经注》;这些都是最优美的写景文学。

(四)我说魏晋时代人的精神是最哲学的,因为是最解放的、最自由的。支公好鹤,住剡东岇山,有人遗其双鹤。少时翅长欲飞,支意惜之,乃铩其翮。鹤轩翥不复能飞,乃反顾翅垂头,视之如有懊丧之意。林曰:"既有凌霄之姿,何肯为人作耳目近玩!"养令翮成,置使飞去。晋人酷爱自己精神的自由,才能推己及物,有这意义伟大的动作。这种精神上的真自由、真解放,才能把我们的胸襟像一朵花似的展开,接受宇宙和人生的全景,了解它的意义,体会它的深沉的境地。近代哲学上所谓"生命情调""宇宙意识",遂在晋人这超脱的胸襟里萌芽起来(使这时代容易接受和了解佛教大乘思想)。卫玠初欲过江,形神惨悴,语左右曰:"见此茫茫,不觉百端交集,苟未免有情,亦复谁能遣此!"后来初唐陈子昂《登幽州台歌》"前不见古人,后不见来者。念天地之悠悠,独怆然而涕下"不是从这里脱化出来？而卫玠的一往情深，更令人心恸神伤，寄慨无穷。（然而孔子在川上，曰："逝者如斯夫，不舍昼夜！"则觉更哲学，更超然，气象更大。）

谢太傅语王右军曰："中年伤于哀乐，与亲友别，辄作数日恶。"

人到中年才能深切地体会到人生的意义、责任和问题，反省到人生的究竟，所以哀乐之感得以深沉。但丁的《神曲》起始于中年的徘徊歧路，是具有深意的。

桓公北征，经金城，见前为琅琊时种柳，皆已十围，慨然曰："木犹如此，人何以堪？"攀枝执条，泫然流泪。

桓温武人，情致如此！庾子山著《枯树赋》，末尾引桓大司马曰："昔年种柳，依依汉南。今看摇落，凄怆江潭。树犹如此，人何以堪？"他深感到桓温这话的凄美，把它敷演成一首四言的抒情小诗了。

然而王羲之的《兰亭诗》："仰望碧天际，俯磐绿水滨。寥朗无厓观，寓目理自陈。大矣造化功，万殊莫不均。群籁虽参差，适我无非新。"真能代表晋人这纯净的胸襟和深厚的感觉所启示的宇宙观。"群籁虽参差，适我无非新"两句尤能写出晋人以新鲜活泼、自由自在的心灵领悟这世界，使触着的一切呈露新的灵魂、新的生命。于是"寓目理自陈"，这个理不是机械的、陈腐的理，乃是活泼的宇宙生机中所含至深的理。王羲之另有两句诗云："争先非吾事，静照在忘求。""静照"（contemplation）是一切艺术及审美生活的起点。这里，哲学彻悟的生活和审美生活，源头上是一致的。晋人的文学艺术都浸润着这新鲜活泼的"静照在忘求"和"适我无非新"的哲学精神。大诗人陶渊明的"日暮天无云，春风扇微和""既事多所欣""良辰入奇怀"，写出这丰厚的心灵"触着每秒光阴都成了黄金"。

（五）晋人的"人格的唯美主义"和友谊的重视，培养成为一种高级社交文化如"竹林之游，兰亭禊集"等。玄理的辩论和人物的品藻是这社交的主要内容。因此谈吐措辞的隽妙，空前绝后。晋人书札和小品文中隽句天成，俯拾即是。陶渊明的诗句和文句的隽妙，也是这"《世说新语》时代"的产物。陶渊明散文化的诗句又遥遥地影响着宋代散文化的诗派。苏、黄、米、蔡等人们的书法也力追晋人萧散的风致，但总嫌做作夸张，没有晋人的自然。

（六）晋人之美，美在神韵（人称王羲之的字"韵高千古"）。

神韵可说是"事外有远致",不沾滞于物的自由精神("目送归鸿,手挥五弦")。这是一种心灵的美,哲学的美,这种"事外有远致"的力量,扩而大之可以使人超然于死生祸福之外,发挥出一种镇定的、大无畏的精神来:

谢太傅盘桓东山时,与孙兴公诸人泛海戏。风起浪涌,孙(绰)、王(羲之)诸人色并遽,便唱使还。太傅神情方王,吟啸不言。舟人以公貌闲意说,犹去不止。既风转急,浪猛,诸人皆喧动不坐。公徐云:"如此,将无归。"众人皆承响而回。于是审其量,足以镇安朝野。

美之极,即雄强之极。王羲之书法,人称其"字势雄逸,如龙跳天门,虎卧凤阙"。淝水的大捷植根于谢安这美的人格和风度中。谢灵运泛海诗"溟涨无端倪,虚舟有超越",可以借来体会谢公此时的境界和胸襟。

枕戈待旦的刘琨,横江击楫的祖逖,雄武的桓温,勇于自新的周处、戴渊,都是千载下懔懔有生气的人物。桓温过王敦墓,叹曰:"可儿!可儿!"心焉向往那豪迈雄强的个性,不拘泥于世俗观念,而赞赏"力",力就是美。

庾道季说:"廉颇、蔺相如虽千载上死人,懔懔恒如有生气。曹蜍、李志虽见在,厌厌如九泉下人。人皆如此,便可结绳而治。但恐狐狸䝙貉噉尽!"这话何其豪迈、沉痛。晋人崇尚活泼生气,蔑视世俗社会中的伪君子、乡愿,战国以后两千年来中国的"社会栋梁"。

(七)晋人的美学是"人物的品藻",引例如下:

王武子、孙子荆各言其土地人物之美。王云:"其地坦而平,其水淡而清,其人廉且贞。"孙云:"其山崔巍以嵯峨,其水㳌渫而扬波,其人磊砢而英多。"

桓大司马(温)病,谢公往省病,从东门入,桓公遥望叹曰:"吾门中久不见如此人!"

嵇康身长七尺八寸,风姿特秀。见者叹曰:"萧萧肃肃,爽朗清举。"或云:"肃肃如松下风,高而徐引。"山公云:"嵇叔夜之为人也,岩岩若孤松之独立;其醉也,傀俄若玉山之将崩。"

海西时,诸公每朝,朝堂犹暗,唯会稽王来,轩轩如朝霞举。

第一章 唯美的眼光

> 谢太傅问诸子侄:"子弟亦何预人事,而正欲使其佳?"诸人莫有言者。车骑(谢玄)答曰:"譬如芝兰玉树,欲使其生于阶庭耳。"

> 有人叹王恭形茂者,云:"濯濯如春月柳。"

> 刘尹云:"清风朗月,辄思玄度。"

拿自然界的美来形容人物品格的美,例子举不胜举。这两方面的美——自然美和人格美——同时被魏晋人发现。人格美的推重已滥觞于汉末,上溯至孔子及儒家的重视人格及其气象。"《世说新语》时代"尤沉醉于人物的容貌、器识、肉体与精神的美。所以"看杀卫玠",而王羲之——他自己被时人目为"飘如游云,矫如惊龙"——见杜弘治叹曰:"面如凝脂,眼如点漆,此神仙中人。"

而女子谢道韫亦神情散朗,奕奕有林下风。根本《世说新语》里面的女性多能矫矫脱俗,无脂粉气。

总而言之,这是中国历史上最有生气、活泼爱美、美的成就极高的一个时代。美的力量是不可抵抗的,见下一段故事:

> 桓宣武平蜀,以李势妹为妾,甚有宠,常著斋后。主(温尚

明帝女南康长公主）始不知，既闻，与数十婢拔白刃袭之。正值李梳头，发委藉地，肤色玉曜，不为动容。徐曰："国破家亡，无心至此，今日若能见杀，乃是本怀。"主惭而退。

话虽如此，晋人的美感和艺术观，就大体而言，是以老庄哲学的宇宙观为基础，富于简淡、玄远的意味，因而奠定了一千五百年来中国美感——尤以表现于山水画、山水诗的基本趋向。

中国山水画的独立，起源于晋末。晋宋山水画的创作，自始即具有"澄怀观道"的意趣。画家宗炳好山水，凡所游历，皆图之于壁，坐卧向之，曰："老病俱至，名山恐难遍游，惟当澄怀观道，卧以游之。"他又说："圣人含道映物，贤者澄怀味像；圣人以神法道而贤者通，山水以形媚道而仁者乐。"他这所谓"道"，就是这宇宙里最幽深、最玄远却又弥纶万物的生命本体。东晋大画家顾恺之也说绘画的手段和目的是"迁想妙得"。这"妙得"的对象也即是那深远的生命，那"道"。

中国绘画艺术的重心——山水画，开端就富于这玄学意味（晋人的书法也是这玄学精神的艺术），它影响着一千五百年，使中国绘画在世界上成一独立的体系。

他们的艺术的理想和美的条件是一味绝俗。庾道季见戴安道所画行像,谓之曰:"神明太俗,由卿世情未尽!"以戴安道之高,还说是世情未尽,无怪他气得回答说:"唯务光当免卿此语耳!"

然而也足见当时美的标准树立得很严格,这标准也就一直是后来中国文艺批评的标准:"雅""绝俗"。

这唯美的人生态度还表现于两点,一是把玩"现在",在刹那的、现量的生活里求极量的丰富和充实,不为着将来或过去而放弃现在的价值的体味和创造:

> 王子猷尝暂寄人空宅住,便令种竹。或问:"暂住何烦尔?"王啸咏良久,直指竹曰:"何可一日无此君!"

二则美的价值是寄于过程的本身,不在于外在的目的,所谓"无所为而为"的态度。

> 王子猷居山阴,夜大雪,眠觉,开室,命酌酒,四望皎然。因起彷徨,咏左思《招隐》诗。忽忆戴安道,时戴在剡,即便乘小船就之。经宿方至,造门不前而返。人问其故,王曰:"吾本乘兴而行,兴尽而返,何必见戴?"

这截然地寄兴趣于生活过程的本身价值而不拘泥于目的，显示了晋人唯美生活的典型。

（八）晋人的道德观与礼法观。孔子是中国两千年礼法社会和道德体系的建设者。创造一个道德体系的人，也就是真正能了解这道德的意义的人。孔子知道道德的精神在于诚，在于真性情、真血性，所谓赤子之心，扩而充之，就是所谓"仁"。一切的礼法，只是它托寄的外表。舍本逐末，丧失了道德和礼法的真精神真意义，甚至于假借名义以便其私，那就是"乡愿"，那就是"小人之儒"。这是孔子所深恶痛绝的。孔子曰："乡愿，德之贼也。"又曰："女为君子儒，无为小人儒！"他更时常警告人们不要忘掉礼法的真精神、真意义。他说："人而不仁如礼何？人而不仁如乐何？"子于是日哭，则不歌。食于丧者之侧，未尝饱也。这伟大的、真挚的同情心是他的道德的基础。他痛恶虚伪。他骂："巧言令色鲜矣仁！"他骂："礼云、礼云，玉帛云乎哉！"然而孔子死后，汉代以来，孔子所深恶痛绝的"乡愿"支配着中国社会，成为"社会栋梁"，把孔子至大至刚、极高明的中庸之道化成弥漫社会的庸俗主义、妥协主义、折中主义、苟安主义，孔子好像预感到这一点，他所以极力赞美狂狷而排斥乡愿。他自己也能超然于礼法之表追寻活泼的、真实的、丰富的人生。他的生活不但"依于仁"，还要"游于艺"。他对于音乐有神韵可说是"事外有远致",不沾滞于物的自由精神("目送归鸿,手挥五弦")。这是一种心灵的美,或哲学的美,这种"事外有远致"的力量,扩而大之可以使人超然于死生祸福之外,发挥出一种镇定的、大无畏的精神来:

谢太傅盘桓东山时,与孙兴公诸人泛海戏。风起浪涌,孙(绰)、王(羲之)诸人色并遽,便唱使还。太傅神情方王,吟啸不言。舟人以公貌闲意说,犹去不止。既风转急,浪猛,诸人皆喧动不坐。公徐云:"如此,将无归。"众人皆承响而回。于是审其量,足以镇安朝野。

美之极,即雄强之极。王羲之书法,人称其"字势雄逸,如龙跳天门,虎卧凤阙"。淝水的大捷植根于谢安这美的人格和风度中。谢灵运泛海诗"溟涨无端倪,虚舟有超越",可以借来体会谢公此时的境界和胸襟。

枕戈待旦的刘琨,横江击楫的祖逖,雄武的桓温,勇于自新的周处、戴渊,都是千载下懔懔有生气的人物。桓温过王敦墓,叹曰:"可儿!可儿!"心焉向往那豪迈雄强的个性,不拘泥于世俗观念,而赞赏"力",力就是美。

庾道季说:"廉颇、蔺相如虽千载上死人,懔懔恒如有生气。曹蜍、李志虽见在,厌厌如九泉下人。人皆如此,便可结绳而治。但恐狐狸猯貉啖尽!"这话何其豪迈、沉痛。晋人崇尚活泼生气,蔑视世俗社会中的伪君子、乡愿,战国以后两千年来中国的"社会栋梁"。

(七)晋人的美学是"人物的品藻",引例如下:

王武子、孙子荆各言其土地人物之美。王云:"其地坦而平,其水淡而清,其人廉且贞。"孙云:"其山崔巍以嵯峨,其水㶁渫而扬波,其人磊砢而英多。"

桓大司马(温)病,谢公往省病,从东门入,桓公遥望叹曰:"吾门中久不见如此人!"

嵇康身长七尺八寸,风姿特秀。见者叹曰:"萧萧肃肃,爽朗清举。"或云:"肃肃如松下风,高而徐引。"山公云:"嵇叔夜之为人也,岩岩若孤松之独立;其醉也,傀俄若玉山之将崩。"

海西时,诸公每朝,朝堂犹暗,唯会稽王来,轩轩如朝霞举。

> 谢太傅问诸子侄:"子弟亦何预人事,而正欲使其佳?"诸人莫有言者。车骑(谢玄)答曰:"譬如芝兰玉树,欲使其生于阶庭耳。"

> 有人叹王恭形茂者,云:"濯濯如春月柳。"

> 刘尹云:"清风朗月,辄思玄度。"

拿自然界的美来形容人物品格的美,例子举不胜举。这两方面的美——自然美和人格美——同时被魏晋人发现。人格美的推重已滥觞于汉末,上溯至孔子及儒家的重视人格及其气象。"《世说新语》时代"尤沉醉于人物的容貌、器识、肉体与精神的美。所以"看杀卫玠",而王羲之——他自己被时人目为"飘如游云,矫如惊龙"——见杜弘治叹曰:"面如凝脂,眼如点漆,此神仙中人。"

而女子谢道韫亦神情散朗,奕奕有林下风。根本《世说新语》里面的女性多能矫矫脱俗,无脂粉气。

总而言之,这是中国历史上最有生气、活泼爱美、美的成就极高的一个时代。美的力量是不可抵抗的,见下一段故事:

> 桓宣武平蜀,以李势妹为妾,甚有宠,常著斋后。主(温尚

明帝女南康长公主）始不知，既闻，与数十婢拔白刃袭之。正值李梳头，发委藉地，肤色玉曜，不为动容。徐曰："国破家亡，无心至此，今日若能见杀，乃是本怀。"主惭而退。

　　话虽如此，晋人的美感和艺术观，就大体而言，是以老庄哲学的宇宙观为基础，富于简淡、玄远的意味，因而奠定了一千五百年来中国美感——尤以表现于山水画、山水诗的基本趋向。

　　中国山水画的独立，起源于晋末。晋宋山水画的创作，自始即具有"澄怀观道"的意趣。画家宗炳好山水，凡所游历，皆图之于壁，坐卧向之，曰："老病俱至，名山恐难遍游，惟当澄怀观道，卧以游之。"他又说："圣人含道映物，贤者澄怀味像；圣人以神法道而贤者通，山水以形媚道而仁者乐。"他这所谓"道"，就是这宇宙里最幽深、最玄远却又弥纶万物的生命本体。东晋大画家顾恺之也说绘画的手段和目的是"迁想妙得"。这"妙得"的对象也即是那深远的生命，那"道"。

　　中国绘画艺术的重心——山水画，开端就富于这玄学意味（晋人的书法也是这玄学精神的艺术），它影响着一千五百年，使中国绘画在世界上成一独立的体系。

　　他们的艺术的理想和美的条件是一味绝俗。庾道季见戴安道所画行像，谓之曰："神明太俗，由卿世情未尽！"以戴安道之高，还说是世情未尽，无怪他气得回答说："唯务光当免卿此语耳！"

然而也足见当时美的标准树立得很严格，这标准也就一直是后来中国文艺批评的标准："雅""绝俗"。

这唯美的人生态度还表现于两点，一是把玩"现在"，在刹那的、现量的生活里求极量的丰富和充实，不为着将来或过去而放弃现在的价值的体味和创造：

王子猷尝暂寄人空宅住，便令种竹。或问："暂住何烦尔？"王啸咏良久，直指竹曰："何可一日无此君！"

二则美的价值是寄于过程的本身，不在于外在的目的，所谓"无所为而为"的态度。

王子猷居山阴，夜大雪，眠觉，开室，命酌酒，四望皎然。因起彷徨，咏左思《招隐》诗。忽忆戴安道，时戴在剡，即便乘小船就之。经宿方至，造门不前而返。人问其故，王曰："吾本乘兴而行，兴尽而返，何必见戴？"

这截然地寄兴趣于生活过程的本身价值而不拘泥于目的，显示了晋人唯美生活的典型。

（八）晋人的道德观与礼法观。孔子是中国两千年礼法社会和道德体系的建设者。创造一个道德体系的人，也就是真正能了解这道德的意义的人。孔子知道道德的精神在于诚，在于真性情、真血性，所谓赤子之心，扩而充之，就是所谓"仁"。一切的礼法，只是它托寄的外表。舍本逐末，丧失了道德和礼法的真精神真意义，甚至于假借名义以便其私，那就是"乡愿"，那就是"小人之儒"。这是孔子所深恶痛绝的。孔子曰："乡愿，德之贼也。"又曰："女为君子儒，无为小人儒！"他更时常警告人们不要忘掉礼法的真精神、真意义。他说："人而不仁如礼何？人而不仁如乐何？"子于是日哭，则不歌。食于丧者之侧，未尝饱也。这伟大的、真挚的同情心是他的道德的基础。他痛恶虚伪。他骂："巧言令色鲜矣仁！"他骂："礼云、礼云，玉帛云乎哉！"然而孔子死后，汉代以来，孔子所深恶痛绝的"乡愿"支配着中国社会，成为"社会栋梁"，把孔子至大至刚、极高明的中庸之道化成弥漫社会的庸俗主义、妥协主义、折中主义、苟安主义，孔子好像预感到这一点，他所以极力赞美狂狷而排斥乡愿。他自己也能超然于礼法之表追寻活泼的、真实的、丰富的人生。他的生活不但"依于仁"，还要"游于艺"。他对于音乐有最深的了解并有过最美妙、最简洁而真切的形容。他说：

"乐，其可知也！始作，翕如也。从之，纯如也，皦如也，绎如也，以成。"

他欣赏自然的美，他说："仁者乐山，智者乐水。"

他有一天问他几个弟子的志趣。子路、冉有、公西华都说过了，轮到曾点，他问道：

"点，尔何如？"鼓瑟希，铿尔，舍瑟而作，对曰："异乎三子者之撰！"子曰："何伤乎？亦各言其志也。"曰："莫春者，春服既成，冠者五六人，童子六七人，浴乎沂，风乎舞雩，咏而归！"

夫子喟然叹曰："吾与点也！"

孔子这超然的、蔼然的、爱美爱自然的生活态度，我们在晋人王羲之的《兰亭集序》和陶渊明的田园诗里见到遥遥嗣响的人，汉代的俗儒钻进利禄之途，乡愿满天下。魏晋人以狂狷来反抗这乡愿的社会，反抗这桎梏性灵的礼教和士大夫阶层的庸俗，向自己的真性情、真血性里掘发人生的真意义、真道德。他们不惜拿自己的生命、地位、名誉来冒犯统治阶级的奸雄，假借礼教以维持权位的恶势力。曹操拿"败伦乱俗，讪谤惑众，大逆不道"的罪名杀孔融。司马昭拿"无益于今，有败于俗。其负才乱群惑众"的罪名杀嵇康。阮籍佯狂了，刘伶纵酒了，他们内心的痛苦可想而知。这是真性情、真血性和这虚伪的礼法社会不肯妥协的悲壮剧。这是一班在文化衰堕时期替人类冒险争取真实人生、真实道德的殉道者。他们殉道时何等勇敢、从容而美丽：

嵇中散临刑东市，神气不变，索琴弹之，奏《广陵散》，曲终曰："袁孝尼尝请学此散，吾靳固不与，广陵散于今绝矣！"

以维护伦理自命的曹操枉杀孔融，屠杀到孔融七岁的小女、九岁的小儿，谁是真的"大逆不道"者？

道德的真精神在于"仁"，在于"恕"，在于人格的优美。《世说新语》载：

阮光禄（裕）在剡，曾有好车，借者无不皆给。有人葬母，意欲借而不敢言。阮后闻之，叹曰："吾有车而使人不敢借，何以车为？"遂焚之。

第一章 唯美的眼光

这是何等严肃的责己精神！然而不是由于畏人言，畏于礼法的责备，而是由于对自己人格美的重视和伟大同情心的流露。

谢奕作剡令，有一老翁犯法，谢以醇酒罚之，乃至过醉，而犹未已。太傅（谢安）时年七八岁，著青布绔，在兄膝边坐，谏曰："阿兄，老翁可念，何可作此！"奕于是改容，曰："阿奴欲放去邪？"遂遣之。

谢安是东晋风流的主脑人物，然而这天真仁爱的赤子之心实是他伟大人格的根基。这使他忠诚谨慎地支持东晋的危局至于数十年。淝水之役，苻坚发戎卒六十余万、骑二十七万，大举入寇，东晋危在旦夕。谢安指挥若定，遣谢玄等以八万兵一举破之。苻坚风声鹤唳，草木皆兵，仅以身免。这是军事史上空前的战绩，诸葛亮在蜀没有过这样的胜利！

一代枭雄，不怕遗臭万年的桓温，也不缺乏这英雄的博大的同情心：

桓公入蜀，至三峡中，部伍中有得猿子者，其母缘岸哀号，行百余里不去，遂跳上船，至便即绝。破视其腹中，肠皆寸寸断。

公闻之怒,命黜其人。

晋人既从性情的直率和胸襟的宽仁建立他的新生命,摆脱礼法的空虚和顽固,他们的道德教育遂以人格的感化为主。我们看谢安这段动人的故事:

谢虎子尝上屋熏鼠,胡儿(虎子之子)既无由知父为此事。闻人道痴人有作此者,戏笑之,时道此,非复一过。太傅既了己(指胡儿自己)之不知,因其言次,语胡儿曰:"世人以此谤中郎(虎子),亦言我共作此。"胡儿懊热,一月日闭斋不出。太傅虚托引己之过,必相开悟,可谓德教。

我们现代有这样精神伟大的教育家吗?所以:

谢公夫人教儿,问太傅:"那得初不见君教儿?"答曰:"我常自教儿!"

这正是像谢公称赞褚季野的话:"褚季野虽不言,而四时之气亦备!"

他确实在教,并不姑息,但他着重在体贴入微的潜移默化,不欲伤害小儿的羞耻心和自尊心:

谢遏年少时,好著紫罗香囊,垂覆手,太傅患之,而不欲伤其意。乃谲与赌,得即烧之。

这态度多么慈祥,而用意又何其严格!谢玄为东晋立大功,救国家于垂危,足见这教育精神和方法的成绩。

当时文俗之士所最仇疾的阮籍,行动最为任诞,蔑视礼法也最为彻底。然而正在他身上我们看出这新道德运动的意义和目标。这目标就是要把道德的灵魂重新筑在热情和直率之上,摆脱陈腐礼法的外形。因为这礼法已经丧失了它的真精神,变成阻碍生机的桎梏,被奸雄利用作政权工具,借以锄杀异己。(曹操杀孔融。)

阮籍当葬母,蒸一肥豚,饮酒二斗,然后临诀。直言"穷矣"!都得一号,因吐血,废顿良久。

他拿鲜血来灌溉道德的新生命!他是一个壮伟的丈夫。容貌环杰,志气宏放,傲然独得,任性不羁,当其得意,忽忘形骸,

"时人多谓之痴"。这样的人,无怪他的诗"旨趣遥深,反覆零乱,兴寄无端,和愉哀怨,杂集于中"。他的咏怀诗是《古诗十九首》以后第一流的杰作。他的人格坦荡谆至,虽见嫉于士大夫,却能见谅于酒保:

> 阮公邻家妇,有美色,当垆酤酒。阮与王安丰常从妇饮酒,阮醉,便眠其妇侧。夫始殊疑之,伺察,终无他意。

这样解放的、自由的人格是洋溢着生命,神情超迈,举止历落,态度恢廓,胸襟潇洒:

> 王司州(修龄)在谢公坐,咏"入不言兮出不辞,乘回风兮载云旗"(《九歌》句),语人云:"当尔时,觉一坐无人!"

桓温读《高士传》,至于陵仲子,便掷去曰:"谁能作此溪刻自处。"这不是善恶之彼岸的超然的美和超然的道德吗?

"振衣千仞冈,濯足万里流!"晋人用这两句诗写下他的千古风流和不朽的豪情!

中国古代的音乐寓言与音乐思想[1]

寓言,是有所寄托之言。《史记》上说:"(庄周)著书十余万言,大抵率寓言也。"庄周书里随处都见到用故事、神话来说出他的思想和理解。我这里所说的寓言包括神话、传说、故事。音乐是人类最亲密的东西,人有口有喉,自己会吹奏歌唱,有手可以敲打、弹拨乐器;有身体动作可以舞蹈。音乐这门艺术可以备于人的一身,无待外求。所以在人群生活中发展得最早,在生活里的势力和影响也最大。诗、歌、舞及拟容动作,戏剧表演,极早时就结合在一起。但是对我们最亲密的东西并不就是最被认识和理解的东西,所谓"百姓日用而不知"。所以古代人民对音乐这一现象感到神奇,对它半理解半不理解。尤其是人们在很早就在弦上、管上发现音乐

---

[1] 1961 年 12 月 28 日中国音乐家协会约我做了这个报告,现在展写成篇,请读者指教。——作者注

规律里的数的比例，那样严整，叫人惊奇。中国人早就把律、度、量、衡结合，从时间性的音律来规定空间性的度量，又从音律来测量气候，把音律和时间中的历结合起来。（甚至于凭音来测地下的深度，见《管子》）太史公在《史记》里说："阴阳之施化，万物之终始，既类旅于律吕，又经历于日辰，而变化之情可见矣。"变化之情除数学的测定外，还可以律吕来把握。

希腊哲学家毕达哥拉斯发现琴弦上的长短和音高成数的比例，他见到我们情感体验里最神秘难传的东西——音乐，竟和我们脑筋里把握得最清晰的数学有着奇异的结合，觉得自己是窥见宇宙的秘密了。后来西方科学就凭数学这把钥匙来启开大自然这把锁，音乐却又是直接地把宇宙的数理秩序诉之于情感世界，音乐的神秘性是加深了，不是减弱了。

音乐在人类生活及意识里这样广泛而深刻的影响，就在古代以及后来产生了许多美丽的音乐神话、故事传说。哲学家也用音乐的寓言来寄寓他的最深难表的思想，像庄子。欧洲古代，尤其是近代浪漫派思想家、文学家爱好音乐，也用音乐故事来表白他们的思想，像德国文人蒂克的小说。

我今天就是想谈谈音乐故事、神话、传说，这里寄寓着古代对音乐的理解和思想。我总合地称它们作音乐寓言。太史公在《史记》

第一章 唯美的眼光

上说庄子书中大抵是寓言。庄子用丰富、活泼、生动、微妙的寓言表白他的思想,有一段很重要的音乐寓言,我也要谈到。

先谈谈音乐是什么?《礼记》里《乐记》上说得好:"凡音之起,由人心生也。人心之动,物使之然也。感于物而动,故形于声。声相应,故生变;变成方,谓之音;比音而乐之,及干戚羽旄,谓之乐。"

构成音乐的音,不是一般的嘈声、响声,乃是"声相应,故生变;变成方,谓之音"。是由一般声里提出来的。能和"声相应",能"变成方",即参加了乐律里的音。所以《乐记》又说:"声成文,谓之音。"乐音是清音,不是凡响。由乐音构成乐曲,构成音乐形象。

这种合于律的音和音组织起来,就是"比音而乐之",它里面含着节奏、和声、旋律。用节奏、和声、旋律构成的音乐形象和舞蹈、诗歌结合起来,就在绘画、雕塑、文学等造型艺术以外,拿它独特的形式传达生活的意境,各种情感的起伏节奏。一个堕落的阶级,生活颓废、心灵空虚,也就没有了生活的节奏与和谐。他们的所谓音乐就成了嘈声杂响,创造不出旋律来表现有深度有意义的生命境界。节奏、和声、旋律是音乐的核心,它是形式,也是内容。它是最微妙的、创造性的形式,也就启示着最深刻的内容,形式与内容在这里是水乳难分了。音乐这种特殊的表现和它的深厚的感染力使得古代人民不断地探索它的秘密，用神话、传说来寄寓他们对音乐的领悟和理想。我现在先介绍欧洲的两个音乐故事。一个是古代的，一个是近代的。

古代希腊传说着歌者奥尔菲斯的故事说：歌者奥尔菲斯，他是首先给予木石以名号的人，他凭借这名号催眠了它们，使它们像着了魔，解脱了自己，追随他走。他走到一块空旷的地方，弹起他的七弦琴来，这空场上竟涌现出一个市场。音乐演奏完了，旋律和节奏却凝住不散，表现在市场建筑里。市民们在这个由音乐凝成的城市里来往漫步，周旋在永恒的韵律之中。歌德谈到这段神话时，曾经指出人们在罗马彼得大教堂里散步也会有这同样的经验，会觉得自己是游泳在石柱林的乐奏的享受中。所以在19世纪初，德国浪漫派文学家口里流传着一句话说："建筑是凝冻着的音乐。"说这话的第一个人据说是浪漫主义哲学家谢林，歌德认为这是一个美丽的思想。到了19世纪中叶，音乐理论家和作曲家姆尼兹·豪普德曼把这句话倒转过来，他在他的名著《和声和节拍的本性》里称呼音乐是"流动着的建筑"。这话的意思是说音乐虽是在时间里流逝不停地演奏着，它的内部却具有极严整的形式、间架和结构，依顺着和声、节奏、旋律的规律，像一座建筑物那样。它里面有着数学的比例。我现在再谈谈近代法国诗人梵乐希写了一本论建筑的书,名叫《优班尼欧斯或论建筑》。这里有一段话,是叙述一位建筑师和他的朋友费得诺斯在郊原散步时的谈话,他对费说:"听呵,费得诺斯,这个小庙,离这里几步路,我替赫尔墨斯建造的,假使你知道,它对我的意义是什么?当过路的人看见它,不外是一个风姿绰约的小庙——一件小东西,四根石柱在一单纯的体式中——我在它里面却寄寓着我生命里一个光明日子的回忆,啊,甜蜜可爱的变化呀!这座窈窕的小庙宇,没有人想到,它是一个珂玲斯女郎的数学的造像呀!这个我曾幸福地恋爱着的女郎,这小庙是很忠实地复示着她的身体的特殊的比例,它为我活着。我寄寓于它的,它回赐给我。"费得诺斯说:"怪不得它有这般不可思议的窈窕呢!人在它里面真能感觉到一个人格的存在,一个女子的奇花初放,一个可爱的人儿的音乐的和谐。它唤醒一个不能达到边缘的回忆。而这个造型的开始——它的完成是你所占有的——已经足够解放心灵同时惊撼着它。倘使我放肆我的想象,我就要,你晓得,把它唤作一阕新婚的歌,里面夹着清亮的笛声,我现在已听到它在我内心里升起来了。"

这寓言里面有三个对象:

(一)一个少女的窈窕的躯体——它的美妙的比例,它的微妙的数学构造。

（二）但这躯体的比例又是流动的，是活人的生动的节奏、韵律；它在人们的想象里展开成为一首新婚的歌曲，里面夹着清脆的笛声，闪烁着愉快的亮光。

（三）这少女的躯体，它的数学的结构，在她的爱人的手里却实现成为一座云石的小建筑，一座希腊的小庙宇。这四根石柱由于微妙的数学关系发出音响的清韵，传出少女的幽姿，它的不可模拟的谐和正表达着少女的体态。艺术家把他的梦寐中的爱人永远凝结在这不朽的建筑里，就像印度的夏吉汗为纪念他的美丽的爱妻塔姬建造了那座闻名世界的塔姬后陵墓。这一建筑在月光下展开一个美不可言的幽境，令人仿佛见到夏吉汗的痴爱和那不可再见的美人永远凝结不散，像一曲歌。

从梵乐希那个故事里，我们见到音乐和建筑和生活的三角关系。生活的经历是主体，音乐用旋律、和谐、节奏把它提高、深化、概括，建筑又用比例、均衡、节奏，把它在空间里形象化。

这音乐和建筑里的形式美不是空洞的，而正是最深入地体现出心灵所把握到的对象的本质。就像科学家用高度抽象的数学方程式探索物质的核心那样。"真"和"美"，"具体"和"抽象"，在这里是出于一个源泉，归结到一个成果。

在中国的古代，孔子是个极爱音乐的人，也是最懂得音乐的人。

《论语》上说他在齐闻《韶》,三个月不知肉味。曰:"不图为乐之至于斯也!"他极简约而精确地说出一个乐曲的构造。《论语·八佾》载:"子语鲁大师乐。曰:'乐,其可知也!始作,翕如也。从之,纯如也,皦如也,绎如也,以成。'"起始,众音齐奏。展开后,协调着向前演进,音调纯洁。继之,聚精会神,达到高峰,主题突出,音调响亮。最后,收声落调,余音袅袅,情韵不匮,乐曲在意味隽永里完成。这是多么简约而美妙的描述呀!

但是孔子不只是欣赏音乐的形式的美,他更重视音乐的内容的善。《论语·八佾》又记载:"子谓《韶》:尽美矣,又尽善也。谓《武》:尽美矣,未尽善也。"这善不只是表现在古代所谓圣人的德行事功里,也表现在一个初生的婴儿的纯洁的目光里面。西汉刘向的《说苑》里记述一段故事说:"孔子至齐郭门之外,遇一婴儿……其视精,其心正,其行端。孔子谓御曰:'趣驱之,趣驱之,韶乐方作。'"他看见这婴儿的眼睛里天真圣洁,神一般的境界,非常感动,叫他的御者快些走近到他那里去,韶乐将升起了。他把这婴儿的心灵的美比作他素来最爱敬的韶乐,认为这是韶乐所启示的内容。由于音乐能启示这深厚的内容,孔子重视它的教育意义,他不要放郑声,因郑声淫,是太过、太刺激,不够朴质。他是主张文质彬彬的,主张绘事后素,礼同乐是要基于内容的美的。所以《论语·子罕》篇记载他晚年说:"吾自卫反鲁,然后乐正,《雅》《颂》各得其所。"他的正乐,大概就是将三百篇的诗整理得能上管弦,而且合于《韶》《武》《雅》《颂》之音。

孔子这样重视音乐,了解音乐,他自己的生活也音乐化了。这就是生活里把"条理"规律与"活泼的生命情趣"结合起来,就像音乐把音乐形式同情感内容结合起来那样。所以孟子赞扬孔子说:"孔子,圣之时者也。孔子之谓集大成。集大成也者,金声而玉振之也。金声也者,始条理也;玉振之也者,终条理也。始条理者,智之事也;终条理者,圣之事也。智,譬则巧也;圣,譬则力也。由射于百步之外也,其至,尔力也。其中,非尔力也。"力与智结合,才有"中"的可能。艺术的创造也是这样。艺术创作的完成,所谓"中",不是简单的事。"其中,非尔力也。"光有力还不能保证它的必"中"呢!

从我上面所讲的故事和寓言里,我们看见音乐可能表达的三方面。(一)是形象的和抒情的:一个爱人的躯体的美可以由一个建筑物的数字形象传达出来,而这形象又好像是一曲新婚的歌。(二)是婴儿的一双眼睛令人感到心灵的天真圣洁,竟会引起孔子认为《韶》乐将作。(三)是孔子的丰富的人格,是形式与内容的统一,始条理终条理,像一曲金声而玉振的交响乐。

第一章　唯美的眼光

《乐记》上说："夫歌者，直己而陈德也。动己而天地应焉，四时和焉，星辰理焉，万物育焉。"中国古代人这样尊重歌者，不是和希腊神话里赞颂奥尔菲斯一样吗？但也可以从这里面看出它们的差别来。希腊半岛上城邦人民的意识更着重在城市生活里的秩序和组织，中国的广大平原的农业社会却以天地四时为主要环境，人们的生产劳动是和天地四时的节奏相适应。古人曾说，"同动谓之静"，这就是说，流动中有秩序，音乐里有建筑，动中有静。

希腊从梭龙到柏拉图都曾替城邦立法，着重在齐同划一，中国哲学家却认为"乐者天地之和也，礼者天地之序也""大乐与天地同和，大礼与天地同节"（《乐记》）。更倾向着"和而不同"，气象宏廓，这就是更倾向"乐"的和谐与节奏。因而中国古代的音乐思想，从孔子的论乐、荀子的《乐论》到《礼记》里的《乐记》——《乐记》里什么是公孙尼子的原来的著作，尚待我们研究，但其中却包含着中国古代极为重要的宇宙观念、政教思想和艺术见解。就像我们研究西洋哲学必须理解数学、几何学那样，研究中国古代哲学也要理解中国音乐思想。数学与音乐是中西古代哲学思维里的灵魂呀！（两汉哲学里的音乐思想和嵇康的《声无哀乐论》都极重要）数理的智慧与音乐的智慧构成哲学智慧。中国在哲学发展里曾经丧失了数学智慧与音乐智慧的结合，堕入庸俗。西方在毕达哥拉斯以后割裂了数学智慧与音乐智慧。数学孕育了自然科学，音乐独立发展为近代交响乐与歌剧，资产阶级的文化显得支离破碎。社会主义将为中国创造数学智慧与音乐智慧的新综合，替人类建立幸福的、丰饶的生活和真正的文化。

我们在《乐记》里见到音乐思想与数学思想的密切结合。《乐记》上《乐象》篇里赞美音乐，说它"清明象天，广大象地，终始象四时，周还象风雨。五色成文而不乱，八风从律而不奸，百度得数而有常。小大相成，终始相生。倡和清浊，迭相为经。故乐行而伦清，耳目聪明，血气和平，移风易俗，天下皆宁"。在这段话里见到音乐能够表象宇宙，内具规律和度数，对人类的精神和社会生活有良好影响，可以满足人们在哲学探讨里追求真、善、美的要求。音乐和度数和道德在源头上是结合着的。《乐记·师乙》篇上说："夫歌者，直己而陈德也。动己而天地应焉，四时和焉，星辰理焉，万物育焉。"德的范围很广，文治、武功、人的品德都是音乐所能陈述的德。所以《尚书·舜典》上说："帝曰：'夔！命汝典乐，教胄子，直而温，宽而栗，刚而无虐，简而无傲。诗言志，歌永言，声依永，律和声。八音克谐，无相夺伦，神人以和。'夔曰：'於！予击石拊石，百兽率舞。'"

关于音乐表现德的形象，《乐记》上记载有关于大武的乐舞的一段，很详细，可以令人想见古代乐舞的"容"，这是表象周武王的武功，里面种种动作，含有戏剧的意味。同戏不同的地方就是乐人演奏时的衣服和舞时动作是一律相同的。这一段的内容是："且夫《武》，始而北出，再成而灭商。三成而南，四成而南国是疆，五成而分，周公左，召公右，六成复缀，以崇天子。夹振之而驷伐，盛威于中国也。分夹而进，事蚤济也，久立于缀，以待诸侯之至也。"郑康成注曰："成，犹奏也，每奏《武》曲，一终为一成。始奏，象观兵盟津时也。再奏，象克殷时也。三奏，象克殷有余力而反也。四奏，象南方荆蛮之国侵畔者服也。五奏，象周公召公分职而治也。六奏，象兵还振旅也。复缀，反位止也。驷，当为四，声之误也。每奏四伐，一击一刺为一伐。分，犹部曲也。事，犹为也。济，成也。舞者各有部曲之列，又夹振之者，象用兵务于早成也。久立于缀，象武王伐纣待诸侯也。"（见《乐记·宾牟贾》）

我们在这里见到舞蹈、戏剧、诗歌和音乐的原始的结合。所以《乐象》篇又说："德者，性之端也。乐者，德之华也。金石丝竹，乐之器也。诗，言其志也。歌，咏其声也。舞，动其容也。三者本于心，然后乐器从之。是故情深而文明，气盛而化神，和顺积中而英华发外，唯乐不可以为伪。"

古代哲学家认识到乐的境界是极为丰富而又高尚的，它是文化的集中和提高的表现。"情深而文明，气盛而化神，和顺积中而英华发外。"这是多么精神饱满、生活力旺盛的民族表现。"乐"的表现人生是"不可以为伪"，就像数学能够表示自然规律里的"真"那样，音乐表现生活里的真。

我们读到东汉傅毅所写的《舞赋》，它里面有一段细致生动的描绘，不但替我们记录了汉代歌舞的实况，表现出这舞蹈的多彩而精妙的艺术性。而最难得的，是他描绘舞蹈里领舞女子的精神高超，意象旷远，就像希腊艺术家塑造的人像往往表现不凡的神境，高贵纯朴，静穆庄丽。但傅毅所塑造的形象更能艳若春花，清如白鹤，令人感到华美而飘逸。这是在我以上的引述的几种音乐形象之外，另具一格的。我们在这些艺术形象里见到艺术净化人生，提高精神境界的作用。

王世襄同志曾把《舞赋》里这一段描绘译成语体文，刊载于音乐出版社《民族音乐研究论文集》第一集。傅毅的原文收在《昭明文选》里，可以参看。我现在把译文的一段介绍如下，便于读者欣赏：

当舞台之上可以蹈踏出音乐来的鼓已经摆放好了，舞者的心情非常安闲舒适。她将神志寄托在遥远的地方，没有任何的挂碍。（原文：舒意自广，游心无垠，远思长想……）舞蹈开始的时候，舞者忽而俯身向下，忽而仰面向上；忽而跳过来，忽而跳过去。仪态是那样雍容惆怅，简直难以用具体形象来形容。（原文：其始兴也，若俯若仰，若来若往，雍容惆怅，不可为象。）再舞了一会儿，她的舞姿又像要飞起来，又像在行走，又猛然耸立着身子，又忽地要倾斜下来。她不假思索的每一个动作，以至手的一指，眼睛的一瞥，都应着音乐的节拍。（原文：其少进也，若翱若行，若竦若倾，兀动赴度，指顾应声。）

轻柔的罗衣，随着风飘扬；长长的袖子，不时左右地交横，飞舞挥动，络绎不停，宛转裊绕，也合乎曲调的快慢。（原文：罗衣从风，长袖交横。骆驿飞散，飒擖合并。）她的轻而稳的姿势，好像栖歇的燕子，而飞跃时的疾速又像惊弓的鹄鸟。体态美好而柔婉，迅捷而轻盈，姿态真是美好到了极点，同时也显示了胸怀的纯洁。舞者的外貌能够表达内心——神志正在杳冥之处游行。（原文：鹍鹍燕居，拉搨鹄惊。绰约闲靡，机迅体轻。姿绝伦之妙态，怀悫素之洁清。修仪操以显志兮，独驰思乎杳冥。）当她想到高山的时候，便真峨峨然有高山之势；想到流水的时候，便真洋洋然有流水之情。（原文：在山峨峨，在水汤汤。）她的容貌随着内心的变化而改易，所以没有任何一点表情是没有意义而多余的。(原文:与志迁化,容不虚生。)乐曲中间有歌词,舞者也能将它充分表达出来,没有使得感叹激昂的情致受到减损。那时她的气概真像浮云般的高逸,她的内心像秋霜般的皎洁。像这样美妙的舞蹈,使观众都称赞不止,乐师们也自叹不如。(原文:明诗表指,嘳息激昂。气若浮云,志若秋霜。观者增叹,诸工莫当。)

单人舞毕,接着是数人的鼓舞,她们挨着次序,登上鼓,跳起舞来。她们的容貌、服饰和舞蹈技巧,一个赛过一个,意想不到的美妙舞姿也层出不穷。她们望着般鼓则流盼着明媚的眼睛,歌唱时又露出洁白的牙齿,行列和步伐,非常整齐。往来的动作,也都有所象征的内容,忽而回翔,忽而高耸,真仿佛是一群神仙在跳舞。拍着节奏的策板敲个不住,她们的脚趾踏在鼓上,也轻疾而不稍停顿,正在跳得往来悠悠然的时候,倏忽之间,舞蹈突然中止;等到她们回身再开始跳的时候,音乐换成了急促的节拍,舞者在鼓上做出翻腾跪跌种种姿态,灵活委宛的腰肢,能远远地探出,深深地弯下。轻纱做成的衣裳,像蛾子在那里飞扬。跳起来,有如一群鸟,飞聚在一起,慢起来,又非常舒缓,宛转地流动,像云彩在那里飘荡。她们的体态如游龙,袖子像白色的云霓。当舞蹈渐终,乐曲也将要完的时候,她们慢慢地收敛舞容而拜谢,一个个欠着身子,含着笑容，退回到她们原来的行列中去。观众们都说真好看，没有一个不是兴高采烈的。（原文不全引了。）

在傅毅这篇《舞赋》里见到汉代的歌舞达到这样美妙而高超的境界。领舞女子的"姿绝伦之妙态，怀悫素之洁清。修仪操以显志，独驰思乎杳冥"。她的"舒意自广，游心无垠，远思长想。……在山峨峨，在水汤汤。与志迁化，容不虚生。明诗表旨，嘳息激昂。气若浮云，志若秋霜"。中国古代舞女塑造了这一形象，由傅毅替我们传达下来，它的高超美妙，比起希腊人塑造的女神像来，具有她们的高贵，却比她们更活泼，更华美，更有远神。

欧阳修曾说："闲和严静，趣远之心难形。"晋人就曾主张艺术意境里要有"远神"。陶渊明说："心远地自偏。"这类高逸的境界，我们已在东汉的舞女的身上和她的舞姿里见到。庄子的理想人物：藐姑射神人，绰约如处子，肌肤若冰雪，也体现在元朝倪云林的山水竹石里面。这舞女的神思意态也和魏晋人钟、王的书法息息相通。王献之《洛神赋》书法的美不也是"翩若惊鸿，婉若游龙""神光离合，乍阴乍阳""皎若太阳升朝霞，灼若芙蕖出渌波"吗？（所引皆《洛神赋》中句）我们在这里不但是见到中国哲学思想、绘画及书法思想[1]和这舞蹈境界密切关联,也可以令人体会到中国古代的美的理想和由这理想所塑造的形象。这是我们的优良传统,就像希腊的神像雕塑永远是欧洲艺术不可企及的范本那样。

关于哲学和音乐的关系,除掉孔子的谈乐,荀子的《乐论》,《礼记》里《乐记》,《吕氏春秋》《淮南子》里论乐诸篇,嵇康的《声无哀乐论》(这文可和德国19世纪汉斯里克[2]的《论音乐的美》做比较研究),还有庄子主张:"视乎冥冥,听乎无声。冥冥之中,独见晓焉;无声之中,独闻和焉。故深之又深而能物焉。"(《庄子·天地》)这是领悟宇宙里"无声之乐",也就是宇宙里最深微的结构形式。在庄子,这最深微的结构和规律也就是他所说的"道",是动的,变化着的,像音乐那样,"止之于有穷,流之于无止",这"道"和音乐的境界是"混逐丛生,林乐而无形,布挥而不曳,幽昏而无声。动于无方,居于窈冥……行流散徙,不主常声。……充满天地,苞裹六极"(《庄子·天运》),这"道"是一个五音繁会的交响乐。"混逐丛生",

---

[1] 关于中国书法里的美学思想,我写了一文,请参考。书法里的形式美的范畴主要是从空间形象概括的,音乐美的范畴主要是从时间形象概括的,却可以相通。
——作者注

[2] 汉斯里克(Eduard Hanslick,1825—1904)现通译为汉斯立克。其代表著作《论音乐的美》强调音乐的自身规律,反对情感美学的音乐观点,对近现代自律论的音乐美学观点的形成有重大影响。——编者注

就是在群声齐奏里随着乐曲的发展，涌现繁富的和声。庄子这段文字使我们在古代"大音希声"，淡而无味的，使魏文侯听了昏昏欲睡的古乐而外，还知道有这浪漫精神的音乐。这音乐，代表着南方的洞庭之野的楚文化和楚铜器、漆器花纹声气相通，和商周文化有对立的形势，所以也和古乐不同。

庄子在《天运》篇里所描述的这一出"黄帝张于洞庭之野的咸池之乐"，却是和孔子所爱的北方的大舜的韶乐有所不同。《书经·舜典》上所赞美的乐是"声依永，律和声。八音克谐，无相夺伦，神人以和"的古乐，听了叫人"心气和平""清明在躬"。而咸池之乐，依照庄子所描写和他所赞叹的，却是叫人"惧""怠""惑""愚"，以达于他所说的"道"。这是和《乐记》里所谈的儒家的音乐理想确正相反，而叫我们联想到19世纪德国乐剧大师瓦格纳晚年精心的创作《帕西法尔》。这出浪漫主义的乐剧是描写阿姆伏塔斯通过"纯愚"帕西法尔才能从苦痛的、罪孽的生活里解救出来。浪漫主义是和"惧""怠""惑""愚"有密切的姻缘。所以我觉得《庄子·天运》篇里这段对咸池之乐的描写是极其重要的，它是我们古代浪漫主义思想的代表作，可以和《书经·舜典》里那一段影响深远的音乐思想做比较观，尽管《书经》里这段话不像是尧舜时代的东西，《庄子》里这篇咸池之乐也不能上推到黄帝，两者都是战国时代的思想，但从这两派对立的音乐思想——古典主义的和浪漫主义的——可以见到那时音乐思想的丰富多彩，造诣精微，今天还有钻研的价值。由于它的重要，我现在把《庄子·天运》里这段全文引在下面：

北门成问于黄帝曰："帝张咸池之乐于洞庭之野，吾始闻之惧，复闻之怠，卒闻之而惑，荡荡默默，乃不自得。"帝曰："汝殆其然哉！吾奏之以人，徵之以天，行之以礼义，建之以太清。……四时迭起，万物循生。一盛一衰，文武伦经。一清一浊，阴阳调和，流光其声。蛰虫始作，吾惊之以雷霆。其卒无尾，其始无首。一死一生，一偾一起，所常无穷，而一不可待。汝故惧也。吾又奏之以阴阳之和，烛之以日月之明，其声能短能长，能柔能刚，变化齐一，不主故常。在谷满谷，在坑满坑。涂郤守神（意谓涂塞心知之孔隙，守凝一之精神），以物为量。其声挥绰，其名高明。是故鬼神守其幽，日月星辰行其纪。吾止之于有穷，流之于无止（意谓流与止——顺其自然也）。子欲虑之而不能知也，望之而不能见也，逐之而不能及也。傥然立于四虚之道，倚于槁梧而吟：'目之穷乎所欲见，力屈乎所欲逐，吾既不及，已夫！'（按：这正是瓦格纳音乐里'无止境旋律'的境界，浪漫精神的体现）形充空虚，乃至委蛇。汝委蛇，故怠。

（你随着它委蛇而委蛇，不自主动，故怠）吾又奏之以无怠之声，调之以自然之命。故若混逐丛生（按：此言重振主体能动性，以便和自然的客观规律相浑合），林乐而无形，布挥而不曳（此言挥霍不已，似曳而未尝曳），幽昏而无声。动于无方，居于窈冥，或谓之死，或谓之生；或谓之实，或谓之荣。行流散徙，不主常声。世疑之，稽于圣人。圣也者，达于情而遂于命也。天机不张，而五官皆备。此之谓天乐，无言而心悦。故有焱氏为之颂曰：'听之不闻其声，视之不见其形，充满天地，苞裹六极。'汝欲听之而无接焉，而故惑也（此言主客合一，心无分别，有如暗惑）。乐也者，始于惧，惧故祟（此言乐未大和，听之悚惧，有如祸祟）；吾又次之以怠，怠故遁（此言遁于忘我之境，泯灭内外）；卒之于惑，惑故愚；愚故道（内外双忘，有如愚迷，符合老庄所说的道。大智若愚也），道可载而与之俱也（人同音乐偕入于道）。"

老庄谈道，意境不同，老子主张"致虚极，守静笃，万物并作，吾以观其复"。他在狭小的空间里静观物的"归根""复命"。他在三十辐所共的一个毂的小空间里，在一个抟土所成的陶器的小空间里，在"凿户牖以为室"的小空间的天门的开阖里观察到"道"。道就是在这小空间里的出入往复，归根复命。所以他主张守其黑，知其白,不出户,知天下。他认为"五色令人目盲,五音令人耳聋",他对音乐不感兴趣。庄子却爱逍遥游。他要游于无穷,寓于无境。他的意境是广漠无边的大空间。在这大空间里做逍遥游是空间和时间的合一。而能够传达这个境界的正是他所描写的,在洞庭之野所展开的咸池之乐。所以庄子爱好音乐,并且是弥漫着浪漫精神的音乐,这是战国时代楚文化的优秀传统,也是以后中国音乐文化里高度艺术性的源泉。探讨这一条线的脉络,还是我们的音乐史工作者的课题。

以上我们讲述了中国古代寓言和思想里可以见到的音乐形象,现在谈谈音乐创作过程和音乐的感受。《乐府古题要解》里解说琴曲《水仙操》的创作经过说:"伯牙学琴于成连,三年而成。至于精神寂寞,情之专一,未能得也。成连曰:'吾之学,不能移人之情,吾之师有方子春,在东海中。'乃赍粮从之,至蓬莱山,留伯牙曰:'吾将迎吾师!'刺船而去。旬时不返,伯牙心悲,延颈四望,但闻海水汩没,山林窅冥,群鸟悲号。仰天叹曰:'先生将移我情!'乃援琴而作歌云:'繄洞渭兮流澌濩,舟楫逝兮仙不还。移形素兮蓬莱山,欹钦伤宫仙不还。'伯牙遂成天下妙手。"

"移情"就是移易情感,改造精神,在整个人格的改造基础上才能完成艺术的造就,全凭技巧的学习还是不成的。这是一个深刻的见解。

至于艺术的感受,我们试读下面这首诗。唐代诗人郎士元《听邻家吹笙》诗云:"凤吹声如隔彩霞,不知墙外是谁家。重门深锁无寻处,疑有碧桃千树花。"这是听乐时引起人心里美丽的意象:"碧桃千树花"。但是这是一般人对音乐感受的习惯,各人感受不同,主观里涌现出的意象也就可能两样。"知音"的人要深入地把握音乐结构和旋律里所潜伏的意义。主观虚构的意象往往是肤浅的。"志在高山,志在流水"时,作曲家不是模拟流水的声响和高山的形状,而是创造旋律来表达高山流水唤起的情操和深刻的思想。因此,我们在感受音乐艺术中也会使我们的情感移易,受到改造,受到净化、深化和提高的作用。唐代诗人常建的《江上琴兴》一诗写出了这净化、深化的作用。

> 江上调玉琴,一弦清一心。
> 泠泠七弦遍,万木澄幽阴。
> 能使江月白,又令江水深。
> 始知梧桐枝,可以徵黄金。

琴声使江月加白,江水加深。不是江月的白,江水的深,而是听者意识体验得深和纯净。明代诗人石沆《夜听琵琶》诗云：

> 娉婷少妇未关愁，清夜琵琶上小楼。
> 裂帛一声江月白，碧云飞起四山秋。

音响的高亮，令人神思飞动，如碧云四起，感到壮美。这些都是从听乐里得到的感受。它使我们对于事物的感觉增加了深度，增加了纯净。就像我们在科学研究里通过高度的抽象思维，离开了自然的表面，反而深入自然的核心，把握到自然现象最内在的数学规律和运动规律那样，音乐领导我们去把握世界生命万千形象里最深的节奏的起伏。庄子说："无声之中，独闻和焉。"所以我们在戏曲里运用音乐的伴奏才更深入地刻画出剧情和动作。希腊的悲剧原来诞生于音乐呀！

音乐使我们心中幻现出自然的形象，因而丰富了音乐感受的内容。画家、诗人却由于在自然现象里意识到音乐境界而使自然形象增加了深度。六朝画家宗炳爱游山水，归来后把所见名山画在壁上，"坐卧向之。谓人曰：'抚琴动操，欲令众山皆响。'"唐代诗人顾况有《范山人画山水歌》云：

山峥嵘，水泓澄，漫漫汗汗一笔耕，一草一木栖神明。忽如空中有物，物中有声。复如远道望乡客，梦绕山川身不行。

身不行而能梦绕山川，是由于"空中有物，物中有声"，而这又是由于"一草一木栖神明"，才启示了音乐境界。

这些都是中国古代的音乐思想和音乐意象。

研究的态度

第二章

研究的态度

当我们遇着一个困难或烦闷的事情的时候，我们不要就计较它对于切己的利害，以致引起感情的刺激、神经的昏乱，而平心静气，用研究的眼光，分析这事的原委、因果和真相，知这事有它的远因、近因，才会产生这不得不然的结果，我们对于这切己重大的事，就会同科学家对于一个自然对象一样，只有支配处置的手续，没有烦闷喜怒的感情了。

新人生观问题的我见 [1]

我看见现在社会上一般的平民,几乎纯粹是过的一种机械的、物质的、肉的生活,还不曾感觉到精神生活、理想生活、超现实生活……的需要。推其原因,大概是生活环境太困难,物质压迫太繁重的缘故。但是,长此以往,于中国文化运动上大有阻碍。因为一般平民既觉不到精神生活、理想生活的需要,那么,一切精神文化,如艺术、学术、文学都不能由切实的平民的"需要"上发生伟大的发展了。所以,我们现在的责任,是要替中国一般平民养成一种精神生活、理想生活的"需要",使他们在现实生活以外,还希求一种超现实的生活,在物质生活以上还希求一种精神生活。然后我们的文化运动才可以在这个平民的"需要"的基础上建立一个强有力的

---

[1] 原文刊载于《时事新报·学灯》(1920年4月19日)。——编者注

前途。

我们怎样替他们造出这种需要呢?

我以为,我们第一步的手续,就是替他们创造一个新的正确的人生观。中国平民旧式的人生观——其实,一般人大半还没有人生观可言:因为中国向来盛行孔孟老庄的哲学,发生两种倾向。

(一)现实人生主义:这是大半由孔孟哲学不谈天道,不管形而上问题——超现实思想——的结果。它的流弊,使一般平民专倾向现实人生问题,不知道注意自然,发挥高尚深处,超现实人生,研究自然神秘的观念。它的流弊至极,就到了现在这种纯粹物质生活、肉的生活,没有精神生活的境地。

(二)悲观命定主义:这是大半由老庄哲学深入中国人心,认定凡事都有定数,人工无能为力,所以放任自然,不加动作。没有创造的意志,没有积极的精神,没有主动的决心。高尚的,趋于达观厌世。低等的,流于纵欲享乐。

这两种人生观的流弊,在现在中国社会中发扬尽致了。我们随处可以考察,用不着我细说。不过,那班实行这种人生观的人,自己并不承认,因为他们思想界中并没有"人生观"三个字的观念。

我们的新"人生观",从何处创造呢?我以为有两条途径:

(一)科学的,(二)艺术的。先说:

一、科学的人生观

我们知道这"人生观"问题的内容,是含着以下的两个问题:

(一)人生究竟是什么?就是问人生生活的"内容"与"作用",究竟是什么东西?

(二)人生究竟要怎样?就是问我们对于人生要取得什么态度,运用什么方法?

这两个问题,我想,我们都可以先从科学上去解答它。因为"生活"这个现象,已经成了科学的对象。科学中的生物学(Biologie)就是研究"生活原则"的学问。分而言之,生理学(Physiologie)是研究"物质生活"的内容和作用,心理学是研究"精神生活"的内容与作用。生活现象的全体已经成了科学研究的对象了。我们不从这个实验的、科学的道路上去解决人生生活内容的问题,难道还去学那些旧式的哲学家,从几个抽象的观念名词上,起空中楼阁吗?

我们从科学的内容中知道了生活现象的原则,再从这原则中决定生活的标准。譬如,我们知道,生活中有"互助"的现象与"战争"的现象。我们抉择哪一种原则是适合于天演,我们就去尽量扩充发挥,以求我们生活的进化。我们又知"精神生活"是生活中较为高级的进化的现象,我们就应当竭力地发扬它、增进它,以求我们生活的高尚。我们又知道生活的作用是创造的、变动的，不是固定的、消极的，我们就当本着这个原则去活动创造。这是从科学——生物学——的"内容"中，知道我们"生活原则"的内容，再根据这种原则，决定我们生活的态度。

其实，不单是科学的内容与我们人生观有莫大的关系，就是科学的方法，很可以做我们"人生的方法"（生活的方法）。

科学的方法是试验的、主动的、创造的、有组织的、理想与事实连络的。这种科学家探求真理的方法与态度，若运用到人生生活上来，就成了一种有条理的、有意义的、活动的人生。

所以，我们可以从科学的内容与方法上，得一个正确的人生观，知道人生生活的内容与人生行为的标准。

但是，科学是研究客观对象的。它的方法是客观的方法。它把人生生活当作一个客观事物来观察，如同研究无机现象一样。这种方法，在人生观上还不完全，因为我们研究人生观者自己就是"人生"，就是"生活"。我们舍了客观的方法以外，还可以用主观自觉的方法来领悟人生生活的内容和作用。

我们自己天天在生活中。这生活究竟是什么，我们当然可以用内省或反照的方法来观察领悟。不过，我们的意识界，时常被外界物质及肉体生活的关系占据充满，不大能发生纯粹无杂的自觉。所以，要从自觉上了解生活内容、人生意义，也是不容易的。但我想我们还可以用一种比例对照（Analogie）的方法来推测人生内容是什么，人生标准当怎样。这种方法，就是：

二、艺术的人生观

什么叫艺术的人生观？艺术人生观就是从艺术的观察上推察人生生活是什么，人生行为当怎样。

我们知道，艺术创造的过程，是拿一件物质的对象，使它理想化、美化。我们生命创造的过程，也仿佛是由一种有机的构造的生命的原动力，贯注到物质中间，使它进成一个有系统的、有组织的、合理想的生物。我们生命创造的现象与艺术创造的现象，颇有相似的地方。我们要明白生命创造的过程，可以先去研究艺术创造的过程。艺术家的心中有一种黑暗的、不可思议的艺术冲动，将这些艺术冲动凭借物质表现出来，就成了一个优美完备的、合理想的艺术品。生命的现象也仿佛如此。生命的表现也是物质的形体化、理想化。生命的现象，好像一个艺术品的成功。不过，艺术品大半是固定的、静止的，生命是活动的、前进的。结果不同，而创造的过程则有些相似。

但这种由艺术创造的过程上推想生命创造的过程，终不过是个推想（Imaginer）罢了。没有科学的、严格的根据。它是一种主观的——艺术家自觉的——想象。不过我们个人自己，不妨抱有这样一种艺术的人生观。从这上面建立一种艺术的人生态度。

什么叫艺术的人生态度？这就是积极地把我们人生的生活，当作一个高尚、优美的艺术品似的创造，使它理想化、美化。

艺术创造的手续，是悬一个具体的、优美的理想，然后把物质的材料照着这个理想创造去。我们的生活，也要悬一个具体的、优美的理想，然后把物质材料照着这个理想创造去。艺术创造的作用，是使它的对象协和、整饬、优美、一致。我们一生的生活，也要能有艺术品那样的协和、整饬、优美、一致。总之，艺术创造的目的是一个优美、高尚的艺术品，我们人生的目的是一个优美、高尚的艺术品似的人生。这是我个人所理想的、艺术的人生观。

我久已抱了一个野心，想积极地去研究这个"科学人生观与艺术人生观"的问题。但是，因为自己的科学与艺术的基础知识太缺乏，至今还没有着手。今天这个短论所写的，乃是我自己所悬拟的着手研究的方向。我很希望国内有许多青年和我同抱这个野心，所以写了出来，以供参采。但是，我所说的实在太简略了，很是抱歉。以后稍有研究时，预备再详细地说一下。

| 青年烦闷的解救法

悲剧的与幽默的人生态度 [1]

人类社会的法律、习惯、礼教，使人们在和平秩序的保障之下，过一种平凡安逸的生活，使人们忘记了宇宙的神秘、生命的奇迹、心灵内部的诡幻与矛盾。

近代的自然科学更是帮助近代人走向这条平淡幻灭的路。科学欲将这矛盾创新的宇宙也化作有秩序、有法律、有礼教的大结构，像我们理想的人类社会一样，然后我们更觉安然！

然而人类史上向来就有一些不安分的诗人、艺术家、先知、哲学家等，偏要化腐朽为神奇，在平凡中惊异，在人生的喜剧里发现悲剧，在和谐的秩序里指出矛盾，或者以超脱的态度守着一种"幽默"。

但生活严肃的人，怀抱着理想，不愿自欺欺人，在人生里面体验到

---

[1] 原文刊载于《中国文学》创刊号（1934年1月），本文题依《艺境》未刊本改。
——编者注

不可解救的矛盾，理想与事实的永久冲突。然而愈矛盾则体验愈深，生命的境界愈丰满浓郁，在生活悲壮的冲突里显露出人生与世界的"深度"。

所以悲剧式的人生与人类的悲剧文学，使我们从平凡安逸的生活形式中重新识察到生活内部的深沉冲突，人生的真实内容是永远的奋斗，是为了超个人生命的价值而挣扎，毁灭了生命以殉这种超生命的价值，觉得是痛快，觉得是超脱解放。

大悲剧作家席勒（Schiller）说："生命不是人生最高的价值。"这是"悲剧"给我们最深的启示。悲剧中的主角是宁愿毁灭生命以求"真"，求"美"，求"权力"，求"神圣"，求"自由"，求人类的上升，求最高的善。在悲剧中，我们发现了超越生命的价值的真实性，因为人类曾愿牺牲生命、血肉及幸福，以证明它们的真实存在。果然，在这种牺牲中人类自己的价值升高了，在这种悲剧的毁灭中人生显露出"意义"了。

肯定矛盾，殉于矛盾，以战胜矛盾，在虚空毁灭中寻求生命的意义，获得生命的价值，这是悲剧的人生态度！

另一种人生态度则是以广博的智慧照瞩宇宙间的复杂关系，以深挚的同情了解人生内部的矛盾冲突。在伟大处发现它的狭小，在渺小里却也看到它的深厚；在圆满里发现它的缺憾，但在缺憾里也找出它的意义。于是以一种拈花微笑的态度同情一切；以一种超越的笑、了解的笑、含泪的笑、悯然的笑，包容一切以超脱一切，使灰色黯淡的人生也罩上一层柔和的金光。觉得人生可爱。可爱处就在它的渺小处、矛盾处,就同我们欣赏小孩们的天真烂漫的自私,使人心花开放,不以为忤。

这是一种所谓幽默(Humour)的态度。真正的态度是在平凡渺小里发掘价值。以高的角度测量那"煊赫伟大"的,则认识它不过如此。以深的角度窥探"平凡渺小"的,则发现它里面未尝没有宝藏。一种愉悦、满意、含笑、超脱,支配了幽默的心襟。

"幽默"不是谩骂,也不是讥刺。幽默是冷隽,然而在冷隽背后与里面有"热"。(林琴南译迭更司[1]的《块肉余生》里富有真的幽默。)

悲剧和幽默都是"重新估定人生价值"的,一个是肯定超越平凡人生的价值,一个是在平凡人生里肯定深一层的价值,两者都是给人生以"深度"的。

莎士比亚以最客观的慧眼笼罩人类,同情一切,他是最伟大的悲剧家,然而他的作品里充满着何等丰富深沉的"黄金的幽默"。

> 以悲剧情绪透入人生,
> 以幽默情绪超脱人生,
> 是两种意义的人生态度。

---

[1] 迭更司(Charles John Huffam Dickens,1812—1870):现通译为狄更斯。英国作家。著有《雾都孤儿》《双城记》《远大前程》《老古玩店》等。——编者注

第二章 研究的态度

怎样使我们生活丰富？[1]

要解决这个问题，首先要问：究竟什么叫作生活？

生活这个现象，可以从两方面观察。就着客观的——生物学的——地位看来，生活就是一个有机体同它的环境发生的种种的关系。就着主观的——心理学的——地位看来，生活就是我们对外经验和对内经验总全的名称。

我这篇短论的题目，是问怎样使我们的生活丰富。换言之，就是立于主观的地位，研究怎样可以创造一种丰富的生活。那么，我对于"生活"二字认定的解释，就是"生活"等于"人生经验的全体"。

生活即是经验，生活丰富即是经验丰富，这是我这篇内简括

---

[1] 原文刊载于《时事新报·学灯》(1920年3月21日)。——编者注

扼要的答案。但是，诸位不要误会经验是一种消极被动的容纳，要知道，经验是一种积极的创造行为，然后，才知道我们具有使生活丰富、经验丰富……的可能性。我们能用主观的方法，使我们的生活尽量地丰富、优美、愉快、有价值。

我们怎样使生活丰富呢？我分析我们生活的内容为"对外的经验"，即是对于自然与社会的观察、了解、思维、记忆；与"对内的经验"，即是思想、情绪、意志、行为。我们要想使生活丰富，也就是从这两方面着手：一方面增加我们对外经验的能力，使我们的观察研究的对象增加；一方面扩充我们在内经验的质量，使我们思想情绪的范围丰富。请听我详细说来。

我们闲居无事的时候，独往独来，或是走到自然中，看看闲云流水、野草寒花，或跑到闹市里观看社会情状、人事纷纭，在这个时候，最容易看出我们自己思想智慧的程度的高下。因为，一个思想丰富的人，他见着这极平常普通的现象，处处可以发挥他的思想，触动他的情绪，很觉得意趣浓深，灵活机动，丝毫不觉得寂寞。我记得德国诗人海涅（Heine）到了伦敦，有一天，他走到一个街角上站了片刻，看见市声人海中的万种变相，就说道："我想，要使一个哲学家来到此地站立了一天，一定比他说尽古来希腊哲学书还有价值。因为，他直接地观察了人生，观察了世界。"

他这几句话真可以表示他的思想丰富、生活丰富，随处可以发生无尽的观念感想，绝不会再有寂寞无聊的感觉。而一般普通常人听了他这话，大半是不甚了解，因为他们自己设若有了十分钟的悠闲无事，一定就会发生无聊烦闷的状态，不知怎样才好，要不是长夏静睡，就要去寻伴谈心了。由此可以看出，我们的生活丰富不丰富，全在我们对于生活的处置如何，不在环境的寂寞不寂寞。我们对于一种寂寞的、单调的环境，要有方法使它变成复杂的、丰富的对象。这种方法，怎么样呢？我现在把我自己向来的经验，对诸君说说，看以为如何。

我向来闲的时候，就随意地走到自然中或社会中，随意地选择一种对象，做以下的几种观察：

（一）艺术的；（二）人生的；（三）社会的；（四）科学的；（五）哲学的。

先说一个例。

我有一次黄昏的时候，走到街头一家铁匠门首站着。看见那黑漆漆的茅店中，一堆火光耀耀，映着一个工作的铁匠，红光射在他半边的臂上、身上、面上，映衬着那后面一片的黑暗，非常鲜明。那铁匠举着他极健全丰满的腕臂，取了一个极适当协和的姿势，击着那透红的铁块，火光四射，我看着心里就想到：这不是一幅极好的荷兰画家的画稿？我心里充满了艺术的思想，站着看着，不忍走了。心中又渐渐地转想到人生问题，心想人生最健全、最真实的快乐，就是一个有定的工作。我们得了它有一定的工作，然后才得身心泰然，从劳动中寻健全的乐趣，从工作中得人生的价值。社会中真实的支柱，也就是这班各尽所能的劳动家。将来社会的进化，还是靠这班真正工作的社会分子，决不是由于那些高等阶级的高等游民。我想到此地，则是从人生问题，又转到社会问题了。后来我又联想到生物学中的生存竞争说，又想到叔本华的生存意志的人生观与宇宙观，黄昏片刻之间，对于社会人生的片段，做了许多有趣的观察，胸中充满了乐意，慢慢地走回家中，细细地玩味我这丰富生活的一段。

以上是我现身说法，报告诸君丰富生活的方法。诸君自由运用，可以使人生最小的一段，化成三四倍的内容，乃不致因闲暇而无聊，因无聊而堕落，因堕落而痛苦了。

但这还不是我所说对外经验丰富的方法。这还是静观的、消极的、偏于艺术的方法。这不过是把我们一种对外的经验、一个自然界的对象，做多方面的玩味观察，把一个单调的、平常的环境，化成一个复杂的、丰富的对象，使它表现多方面——艺术、人生、社会、科学、哲学——的境相。用一个比譬说来，就是我们使我们的"心"成了一个多方面的折光的镜子,照着那简单的物件,变成多方面的形态色彩。这已经可以使我们生活丰富不少。但我们还要使我们"内在经验"也扩充丰富,使我们的感情意志方面也不寂寞,这有什么方法呢?这个实在很简单。我们情绪意志的表现是在"行为"中,我们只要积极地、奋勇地行为,投身于生命的波浪,世界的潮流,一叶扁舟,莫知所属,尝遍着各色情绪细微的弦音,经历着一切意志汹涌的变态。那时,我们的生活内容丰富无比。再在这个丰富的生命的泉中,从理性方面发挥出思想学术,从情绪方面发挥出诗歌、艺术,从意志方面发挥出事业行为,这不是我们所理想的最高的人格吗?

所以,我们要丰富我们的生活,并不是娱乐主义、个人主义,乃是求人格的、尽量发挥自我的充分表现,以促进人类人格上的进化。诸君也有这个意思吗?

"实验主义"与"科学的生活"[1]

昨日我读了胡适之先生的《实验主义》一书（学术讲演会出版），很受感动。"实验主义"的精神与态度真是改救中国人思想的唯一良药。胡先生高呼提倡，若果能影响到中国青年的思想里面，使中国人空气的积习根本铲除，以实际现象的研究，则中国学术必将改观，中国思想史上将开一新纪元，其惠益中国文化将在提倡白话文字之上。但是我因读此书，忽又想到一个重要问题，就是创设"科学试验室"。胡先生说：实验主义的根本观念就是科学试验室的态度。我以为这科学试验室的态度是非从真正科学试验室中修养磨炼不能有的。科学真精神的产生处就是科学试验室。若是科学试验室都没有，怎能有实验的精神出现？所以我想我们

---

[1] 原文刊载于《时事新报·学灯》(1919年11月18日)。——编者注

须首先设法多创立几个伟大完备的科学试验室。结合国中求学的青年常常度这科学试验室中的生涯，一方面可以获得亲切、真实的科学知识，一方面练成严格、精确的科学态度，然后中国才能产生抱有实验精神的学者，实验主义的目的才真正实现。我们现在须结合同志，筹备创办几个伟大完备的科学试验室（各种的试验室如理化的、心理的、生物的），实行在科学试验室中研究学理，磨炼思想。又竭力鼓吹全国学校，自高小以上，都要量力筹设科学试验室，实行科学的试验。高小以下的学校可以设在田野左右，俾学生常常注意自然现象，引起幼孩观察研究的眼光。（其实高小以上的学校也须如此，不过另外还须有科学试验室。）如此做去，才有真正的精神，中国的学术文化才能真受实验主义的影响。否则主义自主义，并不发生什么人生实验的效果，那也就不是 Pragmatism（实用主义）所期望的了。（Pragmatism 注重一切观念都要能发生实际的效果。）总之，我们既提倡实验主义，就联想到科学试验室，实验科学试验室中的生活。

我向来以为，现在中国青年有两种最优美、最丰富而最有价值的生活，就是新村的生活与科学试验室的生活。新村的生活是谋社会的建设、新中国的创造，是在自然界中活泼、新鲜地创造生活。科学试验室中的生活是求学理的阐明、新文化的振兴，是在小宇宙中丰富多趣的研究生活。两种都是真有意义、有价值的生活。我们任择其一，我们的生活内容就无忧了。最好是科学试验室就在新村中间，我们同时有这两种生活，那时我们的生活可以称作"科学的生活"了。那时实验主义就成了一种活泼的实际生活，不复是学者脑中的理想了。

看了罗丹雕刻以后 [1]

"……艺术是精神和物质的奋斗……艺术是精神的生命贯注到物质界中,使无生命的表现生命,无精神的表现精神。……艺术是自然的重现,是提高的自然。……"抱了这几种对于艺术的直觉见解走到欧洲,经过巴黎,徘徊于罗浮艺术之宫,摩挲于罗丹雕刻之院,然后我的思想大变了。否,不是变了,是深沉了。

我们知道我们一生生命的迷途中,往往会忽然遇着一刹那的电光,破开云雾,照瞩前途黑暗的道路。一照之后,我们才确定了方向,直往前趋,不复迟疑。纵使本来已经是走着这条道路,但是今后才确有把握,更增了一番信仰。

我这次看见了罗丹的雕刻,就是看到了这一种光明。我自己自

---

[1] 原文刊载于《少年中国》第2卷第9期(1921年3月15日)。——编者注

幼的人生观和自然观是相信创造的活力是我们生命的根源，也是自然的、内在的真实。你看那自然何等调和，何等完满，何等神秘不可思议！你看那自然中何处不是生命，何处不是活动，何处不是优美光明！这大自然的全体不就是一个理性的数学、情绪的音乐、意志的波澜吗？一言蔽之，我感到这宇宙的图画是个大优美精神的表现。但是年事长了，经验多了，同这个实际世界冲突久了，晓得这空间中有一种冷静的、无情的、对抗的物质，为我们自我表现、意志活动的阻碍，是不可动摇的事实。又晓得这人事中有许多悲惨的、冷酷的、愁闷的、龌龊的现状，也是不可动摇的事实。这个世界不是已经美满的世界，乃是向着美满方面战斗进化的世界。你试看那棵绿叶的小树。它从黑暗冷湿的土地里向着日光，向着空气，作无止境的战斗。终竟枝叶扶疏，摇荡于青天白云中，表现着不可言说的美。一切有机生命皆凭借物质扶摇而入于精神的美。大自然中有一种不可思议的活力，推动无生界以入于有机界，从有机界以至于最高的生命、理性、情绪、感觉。这个活力是一切生命的源泉，也是一切"美"的源泉。

　　自然无往而不美。何以故？以其处处表现这种不可思议的活力故。照相片无往而美。何以故？以其只摄取了自然的表面，而不能表现自然底面的精神故。（除非照相者以艺术的手段处理它。）艺术家的图画、雕刻却又无往而不美,何以故?以其能从艺术家自心的精神,以表现自然的精神,使艺术的创作,如自然的创作故。

什么叫作美?"自然"是美的,这是事实。诸君若不相信,只要走出诸君的书室,仰看那檐头金黄色的秋叶在光波中颤动;或是来到池边柳树下俯看那白云青天在水波中荡漾,包管你有一种说不出的快感。这种感觉就叫作"美"。我前几天在此地斯蒂丹博物院里徘徊了一天,看了许多荷兰画家的名画,以为最美的当莫过于大艺术家的图画、雕刻了,哪晓得今天早晨起来走到附近绿堡森林中去看日出,忽然觉得自然的美终不是一切艺术所能完全达到的。你看空中的光、色,那花草的颤动,云水的波澜,有什么艺术家能够完全表现得出?所以自然始终是一切美的源泉,是一切艺术的范本。艺术最后的目的,不外乎将这种瞬息变化、起灭无常的"自然美的印象",借着图画、雕刻的作用,扣留下来,使它普遍化、永久化。什么叫作普遍化、永久化?这就是说一幅自然美的好景往往在深山丛林中,不是人人能享受的;并且瞬息变动、起灭无常,不是人时时能享受的(……"夕阳无限好,只是近黄昏"……)。艺术的功用就是将它描摹下来,使人人可以普遍地、时时地享受。艺术的目的就在于此,而美的真泉仍在自然。

那么,一定有人要说我是艺术派中的什么"自然主义""印象主义"了。这一层我还有申说。普通所谓自然主义是刻画自然的表面，入于细微。那么能够细密而真切地摄取自然印象莫过于照相片了。然而我们人人知道照片没有图画的美，照片没有艺术的价值。这是什么缘故呢？照片不是自然最真实的摄影吗？若是艺术以纯粹描写自然为标准，总要让照片一筹，而照片又确是没有图画的美，难道艺术的目的不是在表现自然的真相吗？这个问题很可令人注意。我们再分析一下。

（一）向来的大艺术家如荷兰的伦勃朗、德国的丢勒、法国的罗丹都是承认自然是艺术的标准模范，艺术的目的是表现最真实的自然。他们的艺术创作依了这个理想都成了第一流的艺术品。

（二）照片所摄的自然之影比以上诸公的艺术杰作更加真切、更加细密，但是确实没有"美"的价值，更不能与以上诸公的艺术品媲美。

（三）从这两条矛盾的前提得来结论如下：若不是诸大艺术家的艺术观念——以表现自然真相为艺术的最后目的——有根本错误之处，就是照片所摄取的并不是真实自然。而艺术家所表现的自然，方是真实的自然！

果然！诸大艺术家的艺术观念并不错误。照片所摄非自然之真。唯有艺术才能真实表现自然。

诸君听了此话，一定有点惊诧，怎么照片还不及图画的真实呢？

第二章 研究的态度

罗丹说:"果然!照片说谎,而艺术真实。"这话含意深厚,非解释不可。请听我慢慢说来。

我们知道"自然"是无时无处不在"动"中的。物即是动,动即是物,不能分离。这种"动象",积微成著,瞬息变化,不可捉摸。能捉摸者,已非是动;非是动者,即非自然。照相片于物象转变之中,摄取一角,强动象以为静象,已非物之真相了。况且动者是生命之表示,精神的作用;描写动者,即是表现生命,描写精神。自然万象无不在"活动"中,即是无不在"精神"中,无不在"生命"中。艺术家要想借图画、雕刻等以表现自然之真,当然要能表现动象,才能表现精神、表现生命。这种"动象的表现",是艺术最后的目的,也就是艺术与照片根本不同之处了。

艺术能表现"动",照片不能表现"动"。"动"是自然的"真相",所以罗丹说:"照片说谎,而艺术真实。"

但是艺术是否能表现"动"呢?艺术怎样能表现"动"呢?关于第一个问题要我们的直接经验来解决。我们拿一张照片和一张名画来比看。我们就觉得照片中风景虽逼真,但是木板板的,没有生动之气,不同我们当时所直接看见的自然真境有生命、有活动;我们再看那张名画中的景致,虽不能将自然中光气云色完全表现出来,但我们已经感觉它里面山水、人物栩栩如生,仿佛如入真境了。我们再拿一张拍摄的照片《行步的人》和罗丹雕刻的《行步的人》比较，就觉得照片中人提起了一只脚，而凝住不动，好像麻木了一样；而罗丹的石刻确实在那里走动，仿佛要姗姗而去了。这种"动象的表现"要诸君亲来罗丹博物院里参观一下，就相信艺术能表现"动"，而照片不能。

那么艺术又能怎样表现出"动象"呢？这个是艺术家的大秘密。我非艺术家，本无从回答；并且各个艺术家的秘密不同。我现在且把罗丹自己的话介绍出来。

罗丹说："你们问我的雕刻怎样表现这种'动象'？其实这个秘密很简单。我们要先确定'动'是从一个现状转变到第二个现状。画家与雕刻家之表现'动象'就在能表现出这个现状中间的过程。他要能在雕刻或图画中表示出那第一个现状，于不知不觉中转化入第二现状，使我们观者能在这作品中，同时看见第一现状过去的痕迹和第二现状初生的影子，然后'动象'就俨然在我们的眼前了。"

这是罗丹创造动象的秘密。罗丹认定"动"是宇宙的真相，唯有"动象"可以表示生命，表示精神，表示那自然背后所深藏的、不可思议的东西。这是罗丹的世界观，这是罗丹的艺术观。

罗丹自己深入于自然的中心，直感着自然的生命呼吸、理想情绪，晓得自然中的万种形象，千变万化，无不是一个深沉浓挚的大精神——宇宙活力——所表现。这个自然的活力凭借着物质，表现

第二章 研究的态度

出花、表现出光、表现出云树山水，以至于鸢飞鱼跃、美人英雄。所谓自然的内容，就是一种生命精神的物质表现而已。

艺术家要模仿自然，并不是真去刻画那自然的表面形式，乃是直接去体会自然的精神，感觉那自然凭借物质以表现万相的过程，然后以自己的精神、理想情绪、感觉意志，贯注到物质里面制作万形，使物质而精神化。

"自然"本是个大艺术家，艺术也是个"小自然"。艺术创造的过程，是物质的精神化；自然创造的过程，是精神的物质化；首尾不同，而其结局同为一极真、极美、极善的灵魂和肉体的协调，心物一致的艺术品。

罗丹深明此理，他的雕刻是从形象里面发展，表现出精神生命，不讲求外表形式的光滑美满。但他的雕刻中确没有一条曲线、一块平面而不有所表示生意跃动，神致活泼，如同自然之真。罗丹真可谓能使物质而精神化了。

罗丹的雕刻最喜欢表现人类的各种情感动作，因为情感动作是人性最真切的表示。罗丹和古希腊雕刻的区别也就在此。希腊雕刻注重形式的美，讲求表面的美，讲求表面的完满工整，这是理性的表现。罗丹的雕刻注重内容的表示，讲求精神的活泼跃动。所以希腊的雕刻可称为"自然的几何学"，罗丹的雕刻可称为"自然的心理学"。

自然无往而不美。普通人所谓丑得如老妪病骸，在艺术家眼中无不是美，因为也是自然的一种表现。果然！这种奇丑怪状只要一从艺术家手腕下经过，立刻就变成了极可爱的美术品了。艺术家是无往而非"美"的创造者，只要他能真把自然表现了。

所以罗丹的雕刻无所选择，有奇丑的嫫母，有愁惨的人生，有笑、有哭，有至高纯洁的理想，有人类根性中的兽欲。他眼中所看的无不是美，他雕刻出了，果然是美。

他说："艺术家只要写出他所看见的就是了，不必多求。"这话含有至理。我们要晓得艺术家眼光中所看见的世界和普通人的不同。他的眼光要深刻些，要精密些。他看见的不止是自然人生的表面，乃是自然人生的核心。他感觉自然和人生的现象是含有意义的，是有表示的。你看一个人的面目，他的表示何其多。他表示了年龄、经验、嗜好、品行、性质，以及当时的情感思想。一言蔽之，一个人的面目中，蕴藏着一个人过去的生命史和一个时代文化的潮流。这种人生界和自然界精神方面的表现，非艺术家深刻的眼光，不能看得十分真切。但艺术家不单是能看出人类和动物界处处有精神的表示。他看了一枝花、一块石、一湾泉水，都是在那里表现一段诗魂。能将这种灵肉一致的自然现象和人生现象描写出来，自然是生意跃动，神采奕奕，仿佛如"自然"之真了。

第二章 研究的态度

罗丹眼光精明,他看见这宇宙虽然物品繁富,仪态万千,但综而观之,是一幅意志的图画。他看见这人生虽然波澜起伏、曲折多端,但合而观之,是一曲情绪的音乐。情绪意志是自然之真,表现而为动。所以动者是精神的美,静者是物质的美。世上没有完全静的物质,所以罗丹写动而不写静。

罗丹的雕刻不单是表现人类普遍精神(如喜、怒、哀、乐、爱、恶、欲),他同时注意时代精神,他晓得一个伟大的时代必须有伟大的艺术品,将时代精神表现出来遗传后世。他于是搜寻现代的时代精神究竟在哪里。他在这 19—20 世纪潮流复杂、思想矛盾的时代中,搜寻出几种基本精神:(1)劳动。19—20 世纪是劳动神圣时代。劳动是一切问题的中心。于是罗丹创造《劳动塔》(未成)。(2)精神劳动。19—20 世纪科学工业发达,是精神劳动极昌盛时代,不可不特别表示,于是罗丹创造《思想的人》和《巴尔扎克夜起著文之像》。(3)恋爱。精神的与肉体的恋爱,是现时代人类主要的冲动。于是罗丹在许多雕刻中表现之(接吻)。

我对于罗丹观察要完了。罗丹一生工作不息,创作繁富。他是个真理的搜寻者,他是个美乡的醉梦者,他是个精神和肉体的劳动者。他生于 1840 年,死于近年(1917 年)。生时受人攻击非难,如一切伟大的天才那样。

学者的态度和精神[1]

我向来最佩服的,是古印度学者的态度,最敬仰的,是欧洲中古学者的精神。古印度学者的态度怎么样?他们的态度就是:

绝对地服从真理,猛烈地牺牲成见。

当龙树[2]、提婆[3]的时候,印度学说的派别将近百种。他们互相争辩的激烈,可想而知。但他们争辩时的态度很可注意!当未辩论以前,那辩论者往往宣言:"若辩论败了,就自杀以报,或皈

---

[1] 原文刊载于《解放与改革》第2卷第1期(1920年1月1日)。——编者注
[2] 龙树:大乘佛教中观派创始人,著名的大乘佛教论师,在印度佛教史上被誉为"第二代释迦"。主要著作有《中论》《大智度论》《十二门论》等。——编者注
[3] 提婆:印度佛教中观派的创始人龙树的弟子,禅宗西天第十五代祖师,主要著作有《四百论》《百论》《百字论》等。——编者注

依做弟子。"辩论之后,那辩论败的不是立刻自杀,就立刻皈依做弟子。决不作强辩,决不作遁词,更没有无理的谩骂,话出题外,另生枝词的现象,像我中国学者的常态。这种态度,你看可佩服不佩服?这才真是"只晓得有真理,不晓得有成见"呢!这就是古印度学者的态度,我希望中国的新学者也有这种态度!欧洲中古学者的精神又怎么样呢?他们的精神就是:

宁愿牺牲生命,不愿牺牲真理。

欧洲中古时的学者,因发明真理,拥护真理,以致焚身入狱的,很不甚少见。他们那为着真理、牺牲生命时所受的痛苦,若给中国学者看了,很觉得不值得。但真理却因此昌明了!人类却因此进化了!那学者一时的生命与痛苦又算得什么,那学者的心中只晓得真理的价值,不晓得生命的价值,这才真是学者的精神。

总之,学者的责任,本是探求真理,真理是学者第一种的生命。小己的成见与外界的势力,都是真理的大敌。抵抗这种大敌的器械,莫过于古印度学者服从真理,牺牲成见的态度;欧洲中古学者拥护真理,牺牲生命的精神。这种态度、这种精神,正是我们中国新学者应具的态度,应抱的精神!

中国文化的美丽精神往哪里去？[1]

印度诗哲泰戈尔，在国际大学中国学院的小册里，曾说过这几句话："世界上还有什么事情，比中国文化的美丽精神更值得宝贵的？中国文化使人民喜爱现实世界，爱护备至，却又不致陷于现实得不近情理！他们已本能地找到了事物的旋律的秘密。不是科学权力的秘密，而是表现方法的秘密。这是极其伟大的一种天赋。因为只有上帝知道这种秘密。我实妒忌他们有此天赋，并愿我们的同胞亦能共享此秘密。"

泰戈尔这几句话里，包含着极精深的观察与意见，值得我们细加考察。

先谈"中国人本能地找到了事物的旋律的秘密"。东西古代哲

---

[1] 原文刊载于《艺境》未刊本，作者原注"1940年南京"。——编者注

人，都曾仰观俯察探求宇宙的秘密。但希腊及西洋近代哲人倾向于拿逻辑的推理、数学的演绎、物理学的考察去把握宇宙间质力推移的规律，一方面满足我们理智、了解的需要，一方面导引西洋人，去控制物力，发明机械，利用厚生。西洋思想最后所获着的是科学权力的秘密。

中国古代哲人却是拿"默而识之"的观照态度，去体验宇宙间生生不已的节奏，泰戈尔所谓旋律的秘密。《论语》上载：

子曰："予欲无言！"子贡曰："子如不言，则小子何述焉？"子曰："天何言哉？四时行焉，百物生焉，天何言哉？"

四时的运行，生育万物，对我们展示着天地创造性的旋律的秘密。一切在此中生长流动，具有节奏与和谐。古人拿音乐里的五声配合四时五行，拿十二律分配于十二月（《汉书·律历志》），使我们一岁中的生活融化在音乐的节奏中，从容不迫而感到内部有意义有价值，充实而美。不像现在大都市的居民灵魂里，孤独空虚。英国诗人艾略特有"荒原"的慨叹。

不但孔子，老子也从他高超严冷的眼里观照着世界的旋律。他说："致虚极，守静笃，万物并作，吾以观其复！"

活泼的庄子也说他"静而与阴同德,动而与阳同波",他把他的精神生命体合于自然的旋律。

孟子说他能"上下与天地同流"。荀子歌颂着天地的节奏:

列星随旋,日月递照,四时代御,阴阳大化,风雨博施,万物各得其和以生,各得其养以成。

我们不必多引了,我们已见到了中国古代哲人是"本能地找到了宇宙旋律的秘密"。而把这获得的至宝,渗透进我们的现实生活,使我们生活表现在礼与乐里,创造社会的秩序与和谐。我们又把这旋律装饰到我们日用器皿上,使形下之器启示着形上之道(即生命的旋律)。中国古代艺术特色表现在他所创造的各种图案花纹里,而中国最光荣的绘画艺术,也还是从商周铜器图案、汉代砖瓦花纹里脱胎出来的呢!

"中国人喜爱现实世界,爱护备至,却又不致现实得不近情理。"我们在新石器时代,从我们的日用器皿制出玉器,作为我们政治上、社会上及精神人格上美丽的象征物。我们在铜器时代也把我们的日用器皿,如烹饪的鼎、饮酒的爵等,制造精美,竭尽当时的艺术技能,它们成了天地境界的象征。我们对最现实的器具,赋予崇高的意义、优美的形式,使它们不仅仅是我们役使的工具,而是可以同我们对语、同我们情思往还的艺术境界。后来我们发展了瓷器(西人称我们是"瓷国")。瓷器是玉的精神的承续与光大,使我们在日常现实生活中能充满着玉的美。

但我们也曾得到过科学权力的秘密。我们有两大发明:火药同指南针。这两项发明到了西洋人手里,成就了他们控制世界的权力,陆上霸权与海上霸权,中国自己倒成了这霸权的牺牲品。我们发明火药,用来创造奇巧美丽的烟火和鞭炮,使我一般民众在一年劳苦休息的时候,新年及春节里,享受平民式的欢乐。我们发明指南针,并不曾向海上取霸权,却让风水先生勘定我们庙堂、居宅及坟墓的地位和方向,使我们生活中顶重要的"住",能够选择优美适当的自然环境,"居之安而资之深"。我们到郊外,看那山环水抱的亭台楼阁,如入图画。中国建筑能与自然背景取得最完美的协调,而且用高耸天际的层楼飞檐及环拱柱廊、栏杆台阶的虚实节奏,昭示出这一片山水里潜流的旋律。

漆器也是我们极早的发明,使我们的日用器皿生光辉,有情韵。最近,沈福文君引用古代各时期图案花纹到他设计的漆器里,使我们再能有美丽的器皿点缀我们的生活,这是值得兴奋的事。但是要能有大量的价廉的生产,使一般人民都能在日常生活中时时接触趣味高超、形制优美的物质环境，这才是一个民族的文化水平的尺度。

中国民族很早发现了宇宙旋律及生命节奏的秘密，以和平的音乐的心境爱护现实、美化现实，因而轻视了科学工艺征服自然的权力。这使我们不能解救贫弱的地位，在生存竞争剧烈的时代，受人侵略，受人欺侮，文化的美丽精神也不能长保了，灵魂里粗野了、卑鄙了、怯懦了，我们也现实得不近情理了。我们丧尽了生活里旋律的美（盲动而无秩序）、音乐的境界（人与人之间充满了猜忌、斗争）。一个最尊重乐教、最了解音乐价值的民族没有了音乐。这就是说没有了国魂，没有了构成生命意义、文化意义的高等价值。中国精神应该往哪里去？

近代西洋人把握科学权力的秘密（最近如原子能的秘密），征服了自然，征服了科学落后的民族，但不肯体会人类全体共同生活的旋律美，不肯"参天地，赞化育"，提携全世界的生命，演奏壮丽的交响乐，感谢造化宣示给我们的创化机密，而以厮杀之声暴露人性的丑恶，西洋精神又要往哪里去？哪里去？这都是引起我们惆怅、深思的问题。

歌德之人生启示[1]

人生是什么？人生的真相如何？人生的意义何在？人生的目的是何？这些人生最重大、最中心的问题，不只是古来一切大宗教家、哲学家所殚精竭虑以求解答的。世界上第一流的大诗人凝神冥想，探入灵魂的幽邃，或纵身大化中，于一朵花中窥见天国，一滴露水参悟生命，然后用他们生花之笔，幻现层层世界、幕幕人生，归根也不外乎启示这生命的真相与意义。宗教家对这些问题的方法与态度是预言的、说教的，哲学家是解释的、说明的，诗人文豪是表现的、启示的。荷马的长歌启示了希腊艺术文明幻美的人生与理想，但丁的《神曲》启示了中古基督教文化心灵的生活与信仰，莎士比

---

[1] 原文刊载于天津《大公报》文学副刊第220—222期（分别发表于1932年3月21日、1932年3月28日、1932年4月4日）。作者原注"1932年3月为歌德百年忌日所写"。——编者注

亚的剧本表现了文艺复兴时期人们的生活矛盾与权力意志。至于近代的，建筑于这三种文明精神之上而同时开展一个新时代。所谓近代人生，则由伟大的歌德，以他的人格、生活、作品表现它的特殊意义与内在的问题。

歌德对人生的启示有几层意义、几个方面。就人类全体讲，他的人格与生活可谓极尽了人类的可能性。他同时是诗人、科学家、政治家、思想家，他也是近代泛神论信仰的一个伟大的代表。他表现了西方文明自强不息的精神，又同时具有东方乐天知命、宁静致远的智慧。德国哲学家息默尔（Simmel）[1]说："歌德的人生所以给我们以无穷兴奋与深沉的安慰的，就是他只是一个人，他只是极尽了人性，但却如此伟大，使我们对人类感到有希望，鼓动我们努力向前做一个人。"我们可以说歌德是世界的一扇明窗，我们由他窥见了人生生命永恒、幽邃、奇丽、广大的天空！

再狭小的范围，就欧洲文化的观点说，歌德确是代表文艺复兴以后近代人的心灵生活及其内在的问题。近代人失去了希腊文化中人与宇宙的谐和，又失去了基督教对超越上帝虔诚的信仰。人类精

---

[1] 息默尔（Georg Simmel，1858—1918）：现通译为齐美尔。德国社会学家、哲学家，19世纪末20世纪初反实证主义社会学思潮的主要代表之一。著有《历史哲学问题》《道德科学引论：伦理学基本概念的批判》《货币哲学》《社会学的根本问题：个人与社会》等。——编者注

神上获得了解放，得着了自由；但也就同时失所依傍，彷徨、摸索、苦闷、追求，欲在生活本身的努力中寻得人生的意义与价值。歌德是这时代精神伟大的代表，他的主著《浮士德》是这人生全部的反映与其问题的解决（现代哲学家斯宾格勒（Spengler）在他的名著《西方的没落》中，名近代文化为"浮士德文化"）。歌德与其替身浮士德一生生活的内容就是尽量体验这近代人生特殊的精神意义，了解其悲剧而努力以解决其问题，指出解救之道。所以有人称他的《浮士德》是近代人的《圣经》。

但歌德与但丁、莎士比亚不同的地方，就是他不单是由作品里启示我们人生真相，尤其在他自己的人格与生活中表现了人生广大精微的义谛。所以我们也就从两方面去接受歌德对于人类的贡献：（一）从他的人格与生活，了解人生之意义；（二）从他的文艺作品，欣赏人生真相之表现。

一、歌德人格与生活之意义

比学斯基（Bielschowsky）在《歌德传记·导论》中分析歌德人格的特性，描述他生活的丰富与矛盾，最为详尽（见拙译《歌德论》）。但这个矛盾丰富的人格终是一个谜。所谓谜，就是这些矛盾中似乎潜伏着一个道理，由这个道理我们可以解释这个谜，而这个道理也就是构成这个谜的原因。我们获着这个道理解释了这谜，也就可说是懂了那谜的意义。歌德生活之矛盾复杂最使人有无穷的兴趣去探索他人格与生活的意义，所以人们关于歌德生活的研究与描述异常丰富，超过世界任何文豪。近代德国哲学家努力于歌德人生意义的探索者尤多，如息默尔（Simmel）、黎卡特（Rickert）[1]、龚多夫（Gundolf）、寇乃曼（Küehnemann）、可尔夫（Korff）等，尤以可尔夫的研究颇多新解。我们现在根据他们的发挥，略参个人的意见，叙述于后。

我们先再认清这歌德之谜的真面目：第一个印象就是歌德生活全体的无穷丰富；第二个印象是他一生生活中一种奇异的谐和；第三个印象是许多不可思议的矛盾。这三种相反的印象却是互相依赖，但也使我们表面看来，没有一个整个的歌德而呈现无数个歌德的图画。首先有少年歌德与老年歌德之分。细看起来，可以说有一个莱布齐希大学学生的歌德，有一个少年维特的歌德，有一个魏玛朝廷的歌德，有一个意大利旅行中的歌德，与席勒交友时的歌德，

---

[1] 黎卡特（Heinrich Rickert, 1863—1936）：现通译为李凯尔特。德国哲学家，新康德主义弗莱堡学派的主要代表。著有《文化科学和自然科学》《历史哲学问题》《自然科学概念形式的界限》等。——编者注

第二章 研究的态度

与艾克曼谈话中的哲人歌德。这就是说歌德的人生是永恒变迁的，他当时的朋友都有此感，他与朋友、爱人间的种种误会与负心皆由于此。人类的生活本都是变迁的，但歌德每一次生活上的变迁就启示一次人生生活上重大的意义，而留下了伟大的成绩，为人生永久的象征。这是什么缘故？因歌德在他每一种生活的新倾向中，无论是文艺、政治、科学或恋爱，他都是以全副精神整个人格浸沉其中；每一种生活的过程里都是一个整个的歌德在内。维特时代的歌德完全是一个多情善感、热爱自然的青年，著《伊菲格尼》(Iphigenie)的歌德完全是个清明儒雅、徘徊于罗马古墟中希腊的人。他从人性之南极走到北极，从极端主观主义的少年维特走到极端客观主义的伊菲格尼，似乎完全是两个人。然而每个人都是新鲜活泼、原版的人。所以他的生平给予我们一种永久青春、永远矛盾的感觉。歌德的一生并非真是从迷途错误走到真理，乃是继续地经历全人生各式的形态。他在《浮士德》中说："我要在内在的自我中深深领略，领略全人类所赋有的一切。最崇高的、最深远我都要了解。我要把全人类的苦乐堆积在我的心胸，我的小我，便扩大成为全人类的大我。我愿和全人类一样，最后归于消灭。"这样伟大勇敢的生命肯定，使他穿历人生的各阶段，而每个阶段都成为人生深远的象征。他不只是经过少年诗人时期，中年政治家时期，老年思想家、科学家时期,就在文学上他也是从最初洛可可式的纤巧到少年维特的自然流露,再从意大利游后古典风格的写实到老年时《浮士德》第二部象征的描写。

他少年时反抗一切传统道德势力的缚束,他的口号:"情感是一切!"老年时尊重社会的秩序与礼法,重视克制的道德,他的口号:"事业是一切!"在待人接物方面,少年歌德是开诚坦率、热情倾倒地待人,在老年时则严肃令人难以亲近。在政治方面,少年的大作中"瞿支"(Goetz)临死时口中喊着"自由",而老年歌德对法国大革命中的残暴深为厌恶,赞美拿破仑重给欧洲以秩序。在恋爱方面,因各时期之心灵需要,舍弃最知心、最有文化的十年女友石坦因夫人而娶一个无知识、无教育,纯朴自然的扎花女子。歌德的生活是努力不息,但又似乎毫无预计,听机缘与命运之驱使。所以有些人悼惜歌德荒废太多时间做许多不相干的事,像绘画、政治事务、研究科学,尤其是数十年不断的颜色学研究。但他知道这些"迷途""错道"是他完成他伟大人性所必经的。人在"迷途中努力,终会寻着他的正道"。

歌德在生活中所经历的"迷途"与"正道"表现于一个最可令人注意的现象。这现象就是他生活中历次的"逃走"。他的逃走是他浸沉于一种生活方向将要失去了自己时,猛然地回头,突然地退却,再返于自己的中心。他从莱布齐希大学身心破产后逃回故乡,他历次逃开他的情人弗利德利克、绿蒂、丽莉等,他逃到魏玛,又逃脱魏玛政务的压迫走入意大利艺术之宫。他又从意大利逃回德国。他从文学逃入政治,从政治逃入科学。老年时且由西方文明逃往东方,借中国、印度、波斯的幻美热情以重振他的少年心。每一次逃走,他新生一次,他开辟了生活的新领域,他对人生有了新创造、新启示。他重新发现了自己,而他在"迷途"中的经历已丰富了、深化了自己。他说:"各种生活皆可以过,只要不失去了自己。"歌德之所以敢于全心倾注于任何一种人生方面,尽量发挥,以致有伟大的成就,就是因为他自知不会完全失去自己,他能在紧要关头逃走,退回到他自己的中心。这是歌德一生生活的最大的秘密。但在这个秘密背后伏有更深的意义,我们再进一步研究之。

歌德在近代文化史上的意义可以说,他带给近代人生一个新的生命情绪。他在少年时他已自觉是个新的人生宗教的预言者。他早期文艺的题目大都是人类的大教主如普罗美修斯(Prometheus)[1]、

---

[1] 普罗美修斯(Prometheus):现通译为普罗米修斯。是古希腊神话中泰坦一族的神明之一,他是地母盖亚与乌拉诺斯的儿子伊阿珀托斯与克吕墨涅所生,普罗米修斯和厄庇墨透斯是兄弟。——编者注

苏格拉底、基督与摩哈默德[1]。

　　这新的人生情绪是什么呢？就是"生命本身价值的肯定"。基督教以为人类的灵魂必须赖救主的恩惠始能得救，获得意义与价值。近代启蒙运动的理知主义则以为人生须服从理性的规范、理智的指导，始能达到高明的、合理的生活。歌德少年时即反抗18世纪一切人为的规范与法律。他的《瞿支》是反抗一切传统政治的缚束；他的维特是反抗一切社会人为的礼法，而热烈崇拜生命的自然流露。一言蔽之，一切真实的、新鲜的、如火如荼的生命，未受理知文明矫揉造作的原版生活，对于他是世界上最可宝贵的东西。而这种天真活泼的生命，他发现存在于许多绚漫而朴质如花的女性身上。他作品中所描写的绿蒂、玛甘泪、玛丽亚等，他自身所迷恋的弗利德利克、丽莉、绿蒂等，都灿烂如鲜花而天真活泼，朴素温柔，如枝头的翠鸟。而他少年作品中这种新鲜活跃的描写，将妩媚生命的本体熠烁在读者眼前，真是在他以前的德国文学所未尝梦见的，而为世界文学中的粒粒晶珠。

　　这种崇拜真实生命的态度也表现于他对自然的顶礼。他1782年的《自然赞歌》可为代表。译其大意如下：

---

[1] 摩哈默德（Muhammad）：现通译为穆罕默德。伊斯兰教先知，他为人诚实谦虚、办事公道、乐善好施，赢得了人们的赞誉和信任，为其传教事业奠定了基础。

自然，我们被它包围，被它环抱；无法从它走出，也无法向它深入。它未得请求，又未加警告，就携带我们加入它跳舞的圈子，带着我们动，直待我们疲倦极了，从它臂中落下。它永远创造新的形体，去者不复返，来者永远新，一切都是新创，但一切也仍旧是老的。它的中间是永恒的生命、演进、活动。但它自己并未曾移走。它变化无穷，没有一刻的停止。它没有留恋的意思，停留是它的诅咒，生命是它最美的发明，死亡是它的手段，以多得生命。

歌德这时的生命情绪完全是沉浸于理性精神之下层的永恒活跃的生命本体。

但说到这里，在我们的心影上会涌现出另一个歌德来。而这歌德的特征是谐和的形式，是创造形式的意志。歌德生活中一切矛盾之最后的矛盾，就是他对流动不居的生命与圆满谐和的形式有同样强烈的情感。他在哲学上固然受斯宾诺查[1]泛神论的影响；但斯宾诺查所给予他的仍是偏于生活上、道德上的受用，使他紊乱烦恼的心灵得以入于清明。以大宇宙中永恒谐和的秩序整理内心的秩序，化

---

[1] 斯宾诺查（Baruch de Spinoza，1632—1677）：现通译为斯宾诺莎。犹太人，近代西方哲学的三大理性主义者之一。著有《笛卡儿哲学原理》《神学政治论》《伦理学》《知性改进论》等。

冲动的私欲为清明合理的意志。但歌德从自己的活跃生命所体验的动的创造的宇宙人生，则与斯宾诺查倾向机械论与几何学的宇宙观迥然不同。所以歌德自己的生活与人格却是实现了德国大哲学家莱布里兹（Leibniz）[1]的宇宙论。宇宙是无数活跃的精神原子，每一个原子顺着内在的定律，向着前定的形式永恒不息地活动发展，以完成实现它内潜的可能性，而每一个精神原子是一个独立的小宇宙，在它里面像一面镜子反映着大宇宙生命的全体。歌德的生活与人格不是这样一个精神原子吗？

生命与形式，流动与定律，向外的扩张与向内的收缩，这是人生的两极，这是一切生活的原理。歌德曾名之"宇宙生命的一呼一吸"。而歌德自己的生活实在象征了这个原则。他的一生，他的矛盾，他的种种逃走，都可以用这个原理来了解。当他纵身于宇宙生命的大海时，他的小我扩张而为大我，他自己就是自然，就是世界，与万物为一体。他或者是柔软得像少年维特，一花一草一树一石都与他的心灵合而为一，森林里的飞禽走兽都是他的同胞兄弟。他或者刚强地察觉着自己就是大自然创造生命之一体，

---

[1] 莱布里兹（Gottfried Wilhelm Leibniz, 1646—1716）：现通译为莱布尼兹。德国著名哲学家、科学家、被誉为17世纪的亚里士多德。著有《论中国人的自然神学》《单子论》《神义论》等。——编者注

他可以和地神唱道：

  生潮中，业浪里，
  淘上或淘下，
  浮来又浮去！
  生而死，死而葬，
  一个永恒的大洋，
  一个连续的波浪，
  一个有光辉的生长，
  我架起时辰的机杼，
  替神性制造生动的衣裳。

      ——郭沫若译《浮士德》

  但这生活片面的扩张奔放是不能维持的，一个个体的小生命更是会紧张极度而趋于毁灭的。所以浮士德见地神现形那样庞大，觉得自己好像侏儒一般，他的狂妄完全消失：

  我，自以为超过了火焰天使，
  已把自由的力量使自然苏生，

青年烦闷的解救法

> 满以为创造的生活可以俨然如神!
> 啊,我现在是受了个怎样的处分!
> 一声霹雳把我推堕了万丈深坑。
> ············
> 哦,我们努力自身,如同我们的烦闷,
> 一样地阻碍着我们生长的前程。
> ——郭沫若译《浮士德》

生命片面地努力伸张反要使生命受阻碍,所以生命同时要求秩序、形式、定律、轨道。生命要谦虚、克制、收缩,遵循那支配有主持一切的定律,然后才能完成,才能使生命有形式,而形式在生命之中。

> 依着永恒的、正直的
> 伟大的定律,
> 完成着
> 我们生命的圈。
> ——摘《神性》

一个有限的圈子

第二章 研究的态度

> 范围着我们的人生，
> 　　世世代代
> 排列在无尽的生命底链上。
>
> ——摘《人类之界限》

生命是要发扬、前进，但也要收缩、循轨。一部生命的历史就是生活形式的创造与破坏。生命在永恒的变化之中，形式也在永恒的变化之中。所以一切无常，一切无往，我们的心、我们的情，也息息生灭，逝同流水。向之所欣，俯仰之间，已成陈迹。这是人生真正的悲剧，这悲剧的源泉就是这追求不已的自心。人生在各方面都要求着永久；但我们的自心的变迁使没有一景一物可以得到暂时的停留，人生漂坠在滚滚流转的生命海中，大力推移，欲罢不能，欲留不许。这是一个何等的重负，何等的悲哀烦恼。所以浮士德情愿拿他的灵魂的毁灭与魔鬼打赌，他只希望能有一个瞬间的真正的满足，俾他可以对那瞬间说："请你暂停，你是何等的美呀！"

由这话看来，一切无常的主因是在我们自心的无常，心的无休止地前进追求，不肯暂停留恋。人生的悲剧正是在我们恒变的心情中，歌德是人类的代表，他感到这人生的悲剧特别深刻，他的一生真是息息不停地追求前进，变化无穷。这心的变迁使他最感到苦痛负疚的就是他恋爱心情的变迁，他一生最热烈的恋爱都不能久住，他对每一个恋人都是负心，这种负心的忏悔自诉是他许多作品最大的动机与内容。剧本《瞿支》中，魏斯林根背弃玛利亚；剧本《浮士德》中，浮士德遗弃垂死的玛甘泪于狱中，是歌德最明显最沉痛的自诉。但他的生活情绪不停留地前进使他不能不负心，使他不能安于一范围，狭于一境界而不向前开辟生活的新领域。所以歌德无往而不负心，他弃掉法律投入文学，弁掉文学投入政治，又逃脱政治走入艺术科学，他若不负心，他不能尝遍全人生的各境地，完成一个最人性的人格。他说：

你想走向无尽吗？
你要在有限里面往各方面走！

然而这个负心现象，这个生活矛盾，终是他生活里内在的悲剧与问题，使他不能不努力求解决的办法。这矛盾的调解，心灵负疚的解脱，是歌德一生生活之意义与努力。再总结一句，歌德的人生问题，就是如何从生活的无尽流动中获得谐和的形式，但又不要让僵固的形式阻碍生命前进的发展。这个一切生命现象中内在的矛盾，在歌德的生活里表现得最为深刻。他的一切大作品也就是这个经历的供状。我们现在再从歌德的文艺创作中去寻歌德的人生启示与这问题最后的解答。

二、歌德文艺作品中所表现的人生与人生问题

我们说过，歌德给我们的人生启示是扩张与收缩，流动与形式，变化与定律；是情感的奔放与秩序的严整，是纵身大化中与宇宙同流，但也是反抗一切的阻碍压迫以自成一个独立的人格形式。他能忘怀自己，倾心于自然、于事业、于恋爱；但他又能主张自己，贯彻自己，逃开一切的包围。歌德心中这两方面表现于他生平一切的作品中。

他的剧本《瞿支》《塔索》，他的小说《少年维特之烦恼》，是表现生命的奔放与倾注，破坏一切传统的秩序与形式。他的《伊菲格尼》与叙事诗《赫尔曼与多罗蒂》等，则内容、外形都表现最高的谐和节制，以圆融高朗的、优美的形式调解心灵的纠纷冲突。在抒情诗中他的《普罗米修斯》是主张人类由他自己的力量创造他的生活的领域，不需要神的援助，否认神的支配，是近代人生思想中最伟大的一首革命诗。但他在《人类之界限》《神性》等诗中，则又承认宇宙间含有创造一切的定律与形式，人生当在永恒的定律与前

进的形式中完成他自己；但人生不息地前进追求，所获得的形式终不能满足，生活的苦闷由此而生。这个与歌德生活中心相终始的问题则表现于他毕生的大作《浮士德》中。《浮士德》是歌德全部生活意义的反映，歌德生命中最深的问题于此表现，也于此解决。我们特别提出研究之。

《浮士德》是歌德人生情绪最纯粹的代表。《浮士德》戏剧最初本，所谓"原始浮士德"的基本意念是什么？在他下面的两句诗．

我有敢于入世的胆量，
下界的苦乐我要一概担当。

浮士德人格的中心是无尽的生活欲与无尽的知识欲。他欲呼召生命的本体，所以先用符咒呼召宇宙与行为的神。神出现后，被神呵斥其狂妄，他认识了个体生命在宇宙大生命面前的渺小。于是乃欲投身生命的海洋中体验人生的一切。他肯定这生命的本身，不管他是苦是乐，超越一切利害的计较，是有生活的价值的，是应当在他的中间努力寻得意义的。这是歌德的悲壮的人生观，也是他《浮士德》诗中的中心思想。浮士德因知识追求的无结果，投身于现实生活，而生活的顶点，表现于恋爱，但这恋爱生活成了悲剧。生活的前进不停，使恋爱离弃了浮士德,而浮士德离弃了玛甘泪,生活成了罪恶与苦痛。《浮士德》的剧本从原始本经过1790年的残篇以至于第一部的完成,它的内容是肯定人生为最高的价值,最高的欲望,但同时也是最大的问题。初期的《浮士德》剧本之结局,窥歌德之意是倾向纯悲剧的。人生是将由他内在的矛盾,即欲望的无尽与能力的有限,自趋于毁灭,浮士德也将由生活的罪过趋于灭亡,生活并不是理想而为诅咒。但歌德自己生活的发展使问题大变,他在意大利获得了生命的新途径,而剧本中的浮士德也将得救。在1797年的《浮士德》中的天上序曲里,魔鬼靡菲斯特[1]诅咒人生真如歌德自己原始的意思,但现在则上帝反对靡菲斯特的话,他指出那生活中问题最多最严重的浮士德终于得救。这个歌德人生思想的大变化最值得注意,是我们了解浮士德与歌德自己的生活最重要的钥匙。

我们知道"原始浮士德"的生活悲剧,他的苦痛,他的罪过,就是他自己心的恒变,使他对一切不能满足,对一切都负心。人生是个不能息肩的重负,是个不能驻足的前奔。这个可诅咒的人生在歌德生活的进展中忽然得着价值的重新估定。人生最可诅咒的永恒流变一跃而为人生最高贵的意义与价值。人生之得以解救,浮士德

---

[1] 靡菲斯特:中世纪魔法师之神,与德国博士浮士德订约的魔神。——编者注

之得以升天,正赖这永恒的努力与追求。浮士德在死前说出,他生活的意义是永远地前进:

> 在前进中他获得苦痛与幸福,
> 他这没有一瞬间能满足的。

而拥着他升天的天使们也唱道:

> 惟有不断的努力者
> 我们可以解脱之!

原本是人生的诅咒,那不停息的追求,现在却变成了人生最高贵的印记。人生的矛盾、苦痛、罪过在其中,人生之得救也由于此。

我们看浮士德和魔鬼靡菲斯特订契约的时候,他是何等骄傲于他的苦闷与他的不满足。他说他愿毁灭自己,假使人生能使他有一瞬间的满足而愿意暂停留恋。靡菲斯特起初拿浅薄的人世享乐来诱惑他,徒然使他冷笑。

以前他愿意毁灭,因为人生无价值;现在他宁愿毁灭,假使人生能有价值。这是很大的一个差别,前者是消极的悲观,后者是积极的悲壮主义。前者是在心理方面认识，一切美境之必然消逝；后者是在伦理方面肯定，这不停息的追求是人生之意义与价值。将心理的必然变迁改造成意义丰富的人生进化，将每一段的变化经历包含于后一段的演进里，生活愈益丰富深厚，愈益广大高超，像歌德从科学、艺术、政治、文学以及各种人生经历以完成他最后博大的人格。歌德的象征浮士德也是如此，他经过知识追求的幻灭走进恋爱的罪过，又从真美的憧憬走回实际的事业。每一次的经历并不是消磨于无形，乃是人格演进完成必要的阶石：

你想走向无尽吗？
你要在有限里面往各方面走！

有限里就含着无尽，每一段生活里潜伏着生命的整个与永久。每一刹那都须消逝，每一刹那即是无尽，即是永久。我们懂了这个意思，我们任何一种生活都可以过，因为我们可以由自己给予它深沉永久的意义。《浮士德》全书最后的智慧即是：

一切生灭者
皆是一象征。

在这些如梦如幻流变无常的象征背后潜伏着生命与宇宙永久深沉的意义。

现在我们更可以了解人生中的形式问题。形式是生活在流动进展中每一阶段的综合组织，它包含过去的一切，成一音乐的和谐。生活愈丰富，形式也愈重要。形式不但不阻碍生活、限制生活，更是组织生活、集合生活的力量。老年的歌德因他生活内容过分丰富，所以格外要求形式、定律、克制、宁静，以免生活的分崩而求谐和的保持。这谐和的人格是中年以后的歌德所兢兢努力惟恐或失的。他的诗句：

人类孩儿最高的幸福

就是他的人格！

流动的生活演进而为人格，还有一层意义，就是人生的清明与自觉的进展。人在世界经历中认识了世界，也认识了自己，世界与人生渐趋于最高的和谐；世界给予人生以丰富的内容，人生给予世界以深沉的意义。这不是人生问题可能的最高的解决吗？这不是文艺复兴以来，人类失了上帝，失了宇宙，从自己的生活的努力所能寻到的人生意义吗？

浮士德最初欲在书本中求智慧，终于在人生的航行中获得清明。

他人生问题的解决我们可以说：

　　人当完成人格的形式而不失去生命的流动！生命是无尽的，形式也是无尽的，我们当从更丰富的生命去实现更高一层的生活形式。

　　这样的生活不是人生所能达到的最高的境地吗？我们还能说人生无意义无目的吗？歌德说：

　　人生，无论怎样，它是好的！

　　歌德的人生启示固然以《浮士德》为中心，但他的其他创作都是这种生活之无限肯定的表现。尤其是他的抒情诗，完全证实了我们前面所说的歌德生活的特点。

　　他一切诗歌的源泉，就是他那鲜艳活泼、如火如荼的生命本体。而他诗歌的效用与目的却是他那流动追求的生命中所产生的矛盾苦痛之解脱。他的诗，一方面是他生命的表白，自然的流露，灵魂的呼喊，苦闷的象征。他像鸟儿在叫，泉水在流。他说："不是我作诗，是诗在我心中歌唱。"所以他诗句的节律里跳动着他自己的脉搏，活跃如波澜。他在生活憧憬中陷入苦闷纠缠，不能自拔时，他要求上帝给他一支歌,唱出他心灵的沉痛,在歌唱时他心里的冲突的情调,矛盾的意欲,都醇化而升入节奏、形式,组合成音乐的谐和。混乱、混沌的太空化为秩序井然的宇宙,迷途苦恼的人生获得清明的自觉。因为诗能将他纷扰的生活与刺激他生活的世界,描绘成一幅境界清朗、意义深沉的图画(《浮士德》就是这样一幅人生图画)。这图画纠正了他生活的错误,解脱了他心灵的迷茫,他重新得到宁静与清明。但若没有热烈的人生,何取乎这高明的形式。所以我们还是从动的方面去了解他诗的特色。歌德以外的诗人写的诗,大概是这样:一个景物、一个境界、一种人事的经历,触动了诗人的心。诗人用文字、音调、节奏、形式,写出这景物在心情里所引起的涟漪。他们很能描绘出历历如画的境界,也能表现极其强烈动人的情感。但他们一面写景,一面叙情,往往情景成了对待。且依人类心理的倾向,喜欢写景如画,这就是将意境、景物描摹得线条清楚,轮廓宛然,恍如目睹的对象。人类之诉说内心,也喜欢缕缕细述,说出心情的动机原委。虽莎士比亚、但丁的抒情诗,尽管他们描绘的能力与情感的白热,有时超过歌德,但他们仍未能完全脱离这种态度。歌德在人类抒情诗上的特点,就是根本打破心与境的对待,取消歌咏者与被歌咏者中间的隔离。他不去描绘一个景,而景物历落飘摇,浮沉隐显在他的词句中间。他不愿直说他的情意,而他的情意缠绵,婉转流露于音韵节奏的起落里面。他激昂时,文字、境界、节律、音调无不激越兴起;他低徊留恋时,他的歌词如泣如诉,如怨如慕,令人一往情深,不能自已,忘怀于诗人与读者之分。王国维先生说"诗有隔与不隔的差别",歌德的抒情诗真可谓最为不隔的。他的诗中的情绪与景物完全融合无间,他的情与景又同词句音节完全融合无间,所以他的诗也可以同我们读者的心情完全融合无间,极尽浑然不隔的能事。然而这个心灵与世界浑然合一的情绪是流动的、飘渺的、绚烂的、乐动的;因世界是动,人心也是动,诗是这动与动接触会合时的交响曲。所以歌德诗人的任务首先是努力改造社会传统的、用旧了的文字词句,以求能表现出这新的、动的人生与世界。原来我们人类的名词、概念、文字,是我们把捉这流动世界万事万象的心之构造物;但流动不居者难以捉摸,我们人类的思想语言天然地倾向于静止的形态与轮廓的描绘,历时愈久,文字愈抽象,并这描绘轮廓的能力也将失去,遑论做心与景合一的直接表现。歌德是文艺复兴以来近代的流动追求的人生最伟大的代表(所谓"浮士德精神")。他的生命、他的世界是激越的动,所以他格外感到传统文字不足以写这纯动的世界。于是他这位世界最伟大的语言创造的天才,在德国文字中创造了不可计数的新字眼、新句法,以写出他这新的、动的人生情绪。歌德不仅是德国文学上最伟大的诗人,而且是马丁·路德·金以后创新德国文字最重大的人物。现代继起努力创新与美化德国文字的大诗人是斯蒂芬·盖阿格（Stefan George）[1]。他变化无数的名词为动词,又化此动词为形容词,以形容这流动不居的世界。例如,"塔堆的巨人"（形容大树）、"塔层的远""影阴着的湾""成熟中的果"等,不胜枚举,且不能译。他又融情入景,化景为情,融合不同的感官铸成新字以写难状之景、难摹之情。因为他是以一整个的心灵体验这整个的世界,（新字如"领袖的步""云路""星眼""梦的幸福""花梦"等也是不能有确切的中译,虽然诗意发达、极高的中国文辞颇富于这类字眼）所以他的每一首小诗都荡漾在一种浩瀚流动的气氛中,像宋元画中的山水。不过西方的心灵更倾向于活动而已。我们举他一首《湖上》诗为例。歌德的诗是不能译的,但又不能不勉强译出,力求忠于原诗,供未能读原文者参考。

---

[1] 斯蒂芬·盖阿格（Stefan George, 1868—1933）：现通译为斯特凡·乔治。德国诗人、翻译家。受法国象征主义诗歌的影响,主张为"为艺术而艺术"。曾创办《艺术篇页》杂志,发表他的艺术理论和创作。诗集主要有《灵魂之年》《第七环》《新国》等。——编者注

湖上[1]

并且新鲜的粮食，新鲜的血
我吸取自自由的世界：
自然何等温柔，何等好，
将我拥在怀抱。
波澜摇荡着小船
在击桨声中上前，
山峰，高插云霄，
迎着我们的水道。
眼睛，我的眼睛，你为何沉下了？
金黄色的梦，你又来了？
去吧，你这梦，虽然是黄金，
此地也有生命与爱情。

在波上辉映着
千万飘浮的星，

---

[1] 1775年瑞士湖上作，时方逃出丽莉（Lili）姑娘的情网。（按：姑娘原名 Elise von Schlndman，嫁 Tuv Kheim 氏）。——原注

> 柔软的雾吸饮着
> 四围塔层的远。
> 晓风翼覆了
> 影阴着的湾，
> 湖中影映着
> 成熟中的果。

　　开头一句"并且新鲜的粮食，新鲜的血／我吸取自由的世界"就突然地拖着我们走进一个碧草绿烟、柔波如语的瑞士湖上。开头一词用"并且"将我们读者一下子就放在一个整个的自然与人生的全景中间。"自然何等温柔，何等的好，将我拥在怀抱。"写大自然生命的柔静而自由，反观人在社会生活中受种种人事的缚束与苦闷，歌德自己在丽莉小姐家庭中礼仪的拘束与恋爱的包围，但"自然"是人类原来的故乡，我们离开了自然，关闭在城市文明中烦闷的人生，常常怀着"乡愁"，想逃回自然慈母的怀抱，恢复心灵的自由。"波澜摇荡着小船／在击桨声中上前"两句进一步写我们的状况。动荡的湖光中动荡的波澜，摇动着我们的小船，使我们身内身外的一切都成动象，而击桨的声音给予这流动以谐和的节奏。"上前"遥指那"山峰，高插云霄／迎着我们的水道"自然景物的柔媚，勾引心头温馨旖旎的回忆。眼睛低低沉下,金黄色的情梦又浮在眼帘。但过去的情景,转眼成空,不堪回首,且享受新获着的自由吧!自然的丽景展布在我们的面前:"在波上辉映着／千万飘浮的星……"短短的几句写尽了归舟近岸时的烟树风光。全篇荡漾着波澜的闪耀,烟景的飘渺,心情的旖旎,自然与人生谐和的节奏。但歌德的生活仍是以动为主体,个体生命的动,热烈地要求着与自然造物主的动相接触、相融合。这种向上追求的激动及与宇宙创造力相拥抱的情绪表现在《格丽曼》(Ganymed)一诗中(希腊神话中,格丽曼为一绝美的少年王子。天父爱惜之,遣神鹰攫去天空,送至奥林匹亚神人之居)。

格丽曼

你在晓光灿烂中,
怎么这样向我闪烁,
亲爱的春天!
你永恒的温暖中,
神圣的情绪,
以一千倍的热爱

压向我的心，
 你这无尽的美！

我想用我的臂，
 拥抱着你！
啊，我睡在你的胸脯，
 我焦渴欲燃，
 你的花，你的草，
 压在我的心前。

亲爱的晓风，
 吹凉我胸中的热，
 夜莺从雾谷里，
 向我呼唤！
 我来了，我来了，
 到哪里？到哪里？

向上，向上去，
 云彩飘流下来，

飘流下来,

俯向我热烈相思的爱!

向我,向我,

我在你的怀中上升!

拥抱着被拥抱着!

升上你的胸脯!

爱护一切的天父!

这首诗充分表现了歌德热情主义、唯动主义的泛神思想。但因动感的激越,放弃了谐和的形式而流露为生命表现的自由诗句,为近代自由诗句的先驱。然而这狂热活动的人生,虽然灿烂,虽然壮阔,但激动久了,则和平宁静的要求油然而生。这个在生活中倥偬不停的"游行者"也曾急迫地渴求着休息与和平。

游行者之夜歌(二首)

一

你这从天上来的

宁息一切烦恼与苦痛的；

给予这双倍的受难者

以双倍的新鲜的，

啊，我倦于人事之倥偬！

一切的苦乐皆何为？

甜蜜的和平！

来，啊，来到我的胸里！

二

一切山峰上

是寂静，

一切树杪中

感觉不到

些微的风；

森林中众鸟无音。

等着罢，你不久

也将得着安宁。

歌德是个诗人，他的诗是给予他自己心灵的烦扰以和平、以宁静的。但他这位近代人生与宇宙动象的代表，虽在极端的静中仍潜示着何等的鸢飞鱼跃！大自然的山川在屹然峙立里周流着不舍昼夜的消息。

海上的寂静

深沉的寂静停在水上。
大海微波不兴。
船夫瞅着眼，
愁视着四面的平镜。
空气里没有微风！
可怕的死的寂静！
在无边寥廓里，
不摇一个波影。

这是歌德所写意境最静寂的一首诗。但在这天空海阔、晴波无际的境界里绝不真是死，不是真寂灭。他是大自然创造生命里"一刹那清静的假象"。一切宇宙万象里有秩序、有轨道，所以也启示着我们静的假象。

歌德生平最好的诗，都含蕴着这大宇宙潜在的音乐。宇宙的气息，宇宙的神韵，往往包含在他一首小小的诗里。但他也有几首人生的悲歌，如《威廉传》中《弦琴师》与《迷娘》(*Mignon*)的歌曲，也深深启示着人生的沉痛，永久相思的哀感：

弦琴师（歌词）

谁居寂寞中？

嗟彼将孤独。

生人皆欢笑，

留彼独自苦。

嗟乎，请君让我独自苦！

我果能孤独，

我将非无侣。

情人偷来听，

所欢是否孤无侣？

日夜偷来寻我者，

只是我之忧，

只是我之苦。
一旦我在坟墓中,
彼始让我真无侣!

迷娘(歌词)

谁人识相思?
乃解侬心苦,
寂寞而无欢,
望彼天一方,
爱我知我人。
呜呼在远方,
我头昏欲眩,
五脏焦欲燃,
谁解相思苦,
乃识侬心煎。

歌德的诗歌真如长虹在天,表现了人生沉痛而美丽的永久生命,他们也要求着永久的生存:

> 你知道，诗人的词句
> 飘摇在天堂的门前，
> 轻轻地叩着
> 请求永久的生存。

而歌德自己一生的猛勇精进，周历人生的全景，实现人生最高的形式，也自知他"生活的遗迹不致消磨于无形"。而他永恒前进的灵魂将走进天堂最高的境域，他想象他死后将对天门的守者说：

> 请你不必多言，
> 尽管让我进去！
> 因为我做了一个人，
> 这就说曾是一个战士！

清谈与析理[1]

被后世诟病的魏晋人的清谈，本是产生于探求玄理的动机。王导称之为"共谈析理"。嵇康《琴赋》里说："非至精者不能与之析理。"其中"析理"须有逻辑的头脑、理智的良心和探求真理的热忱。青年夭折的大思想家王弼就是这样一个人物。[2] 何晏注老子始成，诣王辅嗣（弼），见王注精奇，乃神伏曰："若斯人，可与论天人之际矣。"而"论天人之际"，是当时魏晋人"共谈析理"的最后目标。《世说》又载：

---
[1] 原文刊载于《时事新报·学灯》第192期（1942年8月31日）。——编者注
[2] 何晏"以为圣人无喜怒哀乐，其论甚精，钟会等述之"。弼与不同，"以为圣人茂于人者神明也，同于人者五情也。神明茂，故能体冲和以通无；五情同，故不能无哀乐以应物。然则圣人之情，应物而无累于物者也。今以其无累便谓不复应物，失之多矣。"（《三国志·钟会传》裴松之注）按：王弼此言甚精，他是老、庄学派中富有积极精神的人。一个积极的文化价值与人生价值的境界可以由此建立。——原注

殷（浩）、谢（安）诸人共集。谢因问殷："眼往属万形，万形来入眼不？"

是则由"论天人之际"的形而上学的探讨注意到知识论了。

当时一般哲学空气极为浓厚，热衷功名的钟会也急急地要把他的哲学著作求嵇康的鉴赏，情形可笑：

钟会撰《四本论》始毕，甚欲使嵇公一见。置怀中，既定，畏其难，怀不敢出。于户外遥掷，便回急走。

但是古代哲理探讨的进步，多由于座谈辩难。柏拉图的全部哲学思想用座谈对话的体裁写出来。苏格拉底把哲学带到街头，他的街头论道，是西洋哲学史中最有生气的一页。印度古代哲学的辩争非常激烈。孔子的真正人格和思想也只表现在《论语》里。魏晋的思想家在清谈辩难中，显出他们活泼飞跃的析理的兴趣和思辨的精神。《世说新语》载：

何晏为吏部尚书，有位望。时谈客盈坐。王弼未弱冠，往见之。晏闻弼名，因条向者胜理，语弼曰："此理仆以为极，可得复难不？"弼便作难，一坐人便以为屈。于是弼自为客主数番，皆一坐所不及。

当时人辩论名理，不仅是"理致甚微"，兼"辞条丰蔚，甚足以动心骇听"。可惜当时没有一位文学天才把重要的清谈辩难详细记录下来，否则中国哲学史里将会有可以媲美《柏拉图对话集》的作品。

我们读《世说新语》下面这段记载，可以想象当时谈理时的风度和内容的精彩。

支道林、许（询）、谢（安）盛德，共集王（濛）家。谢顾谓诸人："今日可谓彦会。时既不可留，此集固亦难常。当共言咏，以写其怀。"许便问主人："有《庄子》不？"正得《渔父》一篇。谢看题，便各使四坐通。支道林先通，作七百许语。叙致精丽，才藻奇拔，众咸称善。于是四坐各言怀毕。谢问曰："卿等尽不？"皆曰："今日之言，少不自竭。"谢后粗难，因自叙其意，作万余语，才峰秀逸。既自难干，加意气拟托，萧然自得，四坐莫不厌心。支谓谢曰："君一往奔诣，故复自佳耳。"

谢安在清谈上也表现出他领袖人群的气度。晋人的艺术气质，使"共谈析理"也成了一种艺术创作。

支道林、许掾诸人共在会稽王斋头。支为法师，许为都讲。支通一义，四坐莫不厌心。许送一难，众人莫不抃舞。但共嗟咏二家之美，不辩其理之所在。

但支道林并不忘这种辩论应该是"求理中之谈"。《世说新语》载：

许掾年少时，人以比王苟子，许大不平。时诸人士及于法师并在会稽西寺讲，王亦在焉。许意甚忿，便往西寺与王论理，共决优劣。苦相折挫，王遂大屈。许复执王理，王执许理，更相覆疏；王复屈。许谓支法师曰："弟子向语何似？"支从容曰："君语佳则佳矣，何至相苦邪？岂是求理中之谈哉！"

可见"共谈析理"才是清谈真正的目的，我们最后再欣赏这求真爱美的时代里一个"共谈析理"的艺术杰作：

客问乐令"旨不至"者，乐亦不复剖析文句，直以麈尾柄确几曰:"至不?"客曰:"至。"乐因又举麈尾曰:"若至者,那得去?"于是客乃悟服。乐辞约而旨达,皆此类。

大化流衍,一息不停,方以为"至",倏焉已"去",云"至"云"去",都是名言所执。故飞鸟之影,莫见其移,而逝者如斯,不舍昼夜。孔子川上之叹,桓温摇落之悲,卫玠的"见此茫茫不觉百端交集",王孝伯叹赏于古诗"所遇无故物,焉得不速老"。晋人这种宇宙意识和生命情调,已由乐广把它概括在辞约而旨达的"析理"中了。

第三章

积极的工作

积极的工作

> 我以为，正当的积极的"工作"，是青年解救烦闷与痛苦的最好方法。青年最危险的时候，就是完全没有工作的时候。这时候，最容易发生幻想、烦闷、悲观、无聊。

少年中国学会回忆点滴 [1]

在五四运动的前夕,我在上海同济大学学习德文后,因法租界封闭了同济,同济迁吴淞,我无意学医,自己在家阅读德国古典文学,歌德、席勒、赫德尔林等诗人的名著,同时也读了一些哲学书,如康德、叔本华、尼采的著作。当时青年的求知欲和关心国家前途的热情是普遍的。第一次欧战的结束和俄国革命的成功对于中国青年的刺激是难以想象的。青年们相见,不论识与不识,都感到有共同的要求、共同的热望,胸怀坦白相示,一见如故。少年中国学会的朋友们就是这样集拢起来、组织起来的。浪漫精神和纯洁的爱国热忱,对光明的憧憬、新中国的创造,是弥漫在许多青年心中的基调。少年中国学会的最早六位发起人于 1918 年 6 月 30 日在北京岳

---

[1] 原文刊载于《五四时期的社团》第 1 册,第 554—555 页(三联书店 1979 年)。
——编者注

云别墅聚会发起筹备学会后,我在上海由魏时珍同学的介绍下加入学会的筹备,1919年1月21日王光祈到沪,23日在吴淞同济学校开第一次团体会议时我就参加了。王光祈青年老成,头脑清楚,规划一切井井有条,满腔爱国热情溢于言表,极得我的信任和钦佩。他是少年中国学会的主要发起人之一,我认为他所写的《少年中国精神》是他的心血所凝成的文字,代表他的理想,也代表了"少年中国"初期成立时一些同人的思想。

"五四"后北京大学许多同学来到南方上海等鼓动罢校、罢市、罢工,我还记得在上海西门外大体育场举办的全市学生及市民大会上看见许德珩、刘清扬在台上大声疾呼,唤醒群众,至今脑中印象犹新,非常兴奋。我会见黄日葵、康白情、陈剑修(他是当时全国学生会主席之一)等人,黄日葵后来成为共产党员,壮烈牺牲了。他是热情多感的广东青年,非常纯洁可爱。

少年中国学会在1918年至1919年7月1日正式成立前的期间刊出了几期《会务报告》,里面也刊载了上海会员的学术谈话会的情形,并发表了一些记录,我谈过一次康德的空间时间唯心说大意,又谈过一次歌德的《浮士德》。当时我对学术的兴趣异常浓厚,虽然所知晓的是浅薄浮泛。

我应了《时事新报》副刊《学灯》编辑郭虞裳的邀请,替代他编辑《学灯》。我主编《学灯》的一年期间，每天晚饭后到报馆去看稿子，首先是寻找字体秀丽的日本来信，这就是郭沫若从日本不断惠寄的诗篇，我来不及看稿就交与手民，当晚排印，我知道《学灯》的读者也像我一样每天等待着这份珍贵的、令人兴奋的精神食粮。我介绍少年中国学会的会员田汉到福冈市与郭沫若会晤。千里神交，一见如故，五四时期的浪漫精神也表现在这种青年人真诚相见，襟怀坦白，重视友情方面。

这时少年中国学会刊行《少年中国》月刊，稿子由李大钊、王光祈在北京编辑好，寄来上海我处，我送去付印，负校勘责任。我也写了一些文章。据闻读者尤爱看会务消息及会员间的通信，这也可以窥见当时一般青年读者兴趣所在（所以，亚东书局后来要求我把郭沫若、田汉和我的通信编成《三叶集》出版）。

1920年夏天，我辞去了《学灯》编辑及《少年中国》校勘职务，到德国去留学。我1925年夏天回国时，少年中国学会也完结了历史所赋予它的一段任务而停止活动了。

我认为研究少年中国学会这一段历史，可以具体地、生动地见到"五四"以来中国青年思想及活动方面的一个侧影，见到它们的复杂性与矛盾性，反映着这一时期中国社会的复杂性和内在的矛盾。

中国青年的奋斗生活与创造生活[1]

我们人类生活的内容本来就是奋斗与创造,我们一天不奋斗就要被环境的势力所压迫,归于天演淘汰,不能生存;我们一天不创造,就要生机停滞,不能适应环境潮流,无从进化。所以,我们真正生活的内容就是奋斗与创造。我们不奋斗不创造就没有生活,就不是生活。但是,你看社会上有很多不奋斗不创造的人,他们怎么也能安安逸逸过他们的生活呢?不错,社会上是很有这一班人,并且很多,但是,他们的生活不叫作正当的生活。他们的生活叫作寄生的生活,他们过的不是人的生活,是寄生虫与害虫的生活,这种生活是人类生存的大敌,世界上所有种种战争,现在所有种种社会革命,人类开化以来所有种种罪恶与痛

---

[1] 原文刊载于《少年中国》第1卷第5期(1919年11月15日)。——编者注

苦，就是为着人类社会上有这种寄生生活而起。如果世界上人人都过他正当的奋斗与创造的生活，没有寄生生活的存在，世界就要永久和平了！现在所有种种社会主义也要消灭了！因为他们的理想与目的已经达到了！我们中国现在离这个目的还远得很呢，中国社会上寄生生活之多，恐怕要算世界第一，一班社会上自命高等阶级的人差不多都过的是寄生生活。天天丰衣足食，放逸淫乐，对于社会没有丝毫的贡献，还要替社会制造无数的罪恶，如养成淫奢的风气，造就偷懒的习惯，他们自己不奋斗不创造，让一班农民、工人替他们奋斗、替他们创造，维持他们淫侈不道德的生活。这班可怜的农民、工人因为替他人奋斗，替他人创造，没有工夫为自己奋斗、为自己创造，所以自己的生活反而困苦异常，危如一线了。他们眼见这班不劳动的富人高车驷马，娇妻美妾，他们自己天天勤苦劳动，胼手胝足，反而有绝食断生的危险，自然就生了偷惰之心，妄冀非常（如赌博、买彩票之类）。他们没有能力敢起革命，渐渐就流入盗贼宵小，为社会增长无数罪恶、无数危险。推其本源，还是因为社会上有这种不劳而食、不奋斗、不创造的寄生生活。我们改良社会现状唯一的方法，就是要个个人都过他正当的奋斗生活与创造生活，完全消灭这种寄生生活的存在。我们要达到这个目的，自然就从我们青年做起。

本来青年初入世界，他的奋斗与创造事业格外剧烈重大，稍一偷惰，不是流入寄生生活就要归于天演淘汰，我在上海看见很多的青年，暮气沉沉，毫无奋斗创造的精神，终日过一种淫侈逸乐的寄生生活，恬不知耻，我见了很为中国前途悲观，我们中国人民本来就缺乏奋斗精神与创造精神，若是这最有希望的青年也是如此，恐怕中国在20世纪间已经根本上没有存在价值了！我们"少年中国"少年的生活就是奋斗生活与创造生活，我们若再不奋斗创造，不惟"少年中国"不能实现，就是实现了，也是不能永久发达的。但是我们怎样奋斗、怎样创造呢？我们奋斗的目的同创造的事业是什么呢？我以为中国现在青年有两种奋斗的目的，同两种创造的事业：

奋斗的目的：
（一）对于自心遗传恶习的奋斗；
（二）对于社会黑暗势力的奋斗。

创造的事业：
（一）对于小己新人格的创造；
（二）对于中国新文化的创造。

这两种奋斗、两种创造，本是全国人民应有的事业，不过我们对于中国过去人物已经没有希望，未来的人物有未来的事业，我们不得不将此四种事业作我们中国现在青年的唯一责任、唯一生活。今将我新拟想这四种事业的内容，略写出来与大家商榷。

一、中国青年的奋斗生活

（一）对于自心遗传恶习的奋斗

中国社会存在已数千年，其间产生了无数不合时宜的旧心理与旧习惯，尚未能完全打破，此种旧习若让它保守存在，则不合时代潮流，于中华民族前途极有妨碍。过去的人物习染已深，无可挽回，我们青年虽有些先天的遗传，尚未有后天的滋长，还不难根本铲除。今就我观察所及，有几种最不适宜的旧心理，须从速努力打消，才能适应"少年中国"少年的精神。

1. 个人主义与家庭主义

中国人向来只晓得有个人与家庭，不晓得有社会，对于社会的责任心非常淡薄，社会上的事漠不关心，好像另是一个世界。

否则把社会看作敌国，不是高蹈远隐、不相闻问，或冷眼旁观、妄肆讥评；就是怀挟野心、争图权利，攘夺些财产，回到家中，围着妻子儿女过他团圆独乐的家庭生活，全不讲求社会上共同的娱乐与共同的利益（如公园、街道皆不注意）。这种反对社会生活的心习最不适应现代潮流，尤不合共和政体，因为这种个人主义与家庭主义盛了，社会上、政治上的责任心自然就冷淡了。若果社会上、政治上有几个枭雄出来操纵一切，则共和政体又变成暴民专制了。中国人团体心既已缺乏，而独立性又不见强，既不顾组织团体，尽团体中的责任，又没有独立创造的精神，事事放任，倚赖他人，这种堕落民族的恶习若不铲除，中国民主政体是永远不能发展的。

2. 笼统主义与直觉主义

中国人最缺乏科学与分析的眼光，凡事皆凭着笼统直觉的见解，还自以为玄妙高深，摆脱名相，他的流弊就是盲从与独断，没有批评的精神，没有研究的态度，所以守旧的以为先圣之言无可怀疑，趋新的以为新的都是好的。总之，笼统主义是因为脑筋简单，没有分析的能力；直觉主义是因为脑筋偷惰，没有研究的效力。我们中国人偏有这种心习，若再不打破，怎能抵抗欧美的科学精神？

（我自己很有这种根性，现在竭力同它奋斗。）

3. 放任主义与自然主义

东方大陆的消极主义与无抵抗主义本来是世界著名的，一班学者美其名曰放任主义与自然主义。其实放任主义就是没有奋斗的精神，自然主义就是没有创造的能力，中国人受了老庄哲学的影响（其实并未真懂老庄），没有丝毫进取的意志，这种心习不但违背世界潮流，并且反抗宇宙创造进化的公例，怎么适宜"少年中国"的少年？中国国民持放任主义，所以政治上变成军阀官僚的专制，共和真精神一点没有实现（言论自由都做不到），中国学者持自然主义，所以流入直觉空想，没有真心去研究科学，实际考察宇宙现象的。（欧洲近代哲学中的自然主义正与此相反，他们因为崇拜自然，就去彻底研究自然的现象。）所以我希望中国人的放任主义快快变成奋斗主义，中国人的自然主义快快变成创造主义。

以上所举这三种遗传心习还是偏重青年学者而言。至于中国旧社会所造成其他种种不适宜的心习，不胜枚举，请诸君随时观察就去竭力奋斗，务必扑灭，我们才能创造个"新我"，适应世界新潮，创造少年中国，我们若不能战胜自己的恶心习，断不能战胜社会的黑潮流。

青年的心中还有一种最剧烈、最危险的奋斗事业，不可不注意的,就是精神与肉体的奋斗。青年时代本是生理上的一切本能发达、最盛的时代,食色嗜欲最强烈。普通一班根性浅、意志弱的青年,一定是拜倒在肉欲生活之下,不敢稍有违抗,昏昏沉沉过一种庸俗机械的生活,满足生理上的欲望,尽了自存传种的责任就算是有幸福的。一班根性高的青年心中就生了一种剧烈的肉欲与精神的战争,若果精神胜了,就可以为人类造点事业,是个很有希望的青年。如果精神战不胜肉欲,那就很坏,心中痛苦异常,往往流入消极悲观,有至于自杀的。青年这种对于自心肉欲的奋斗是青年最剧烈、最痛苦的奋斗,苦战不胜,那青年一生的事业就在这危险礁上搁浅了。青年自身基础已不坚固,意志薄弱,才会萎谢,这样怎么能担任其他奋斗事业与创造事业呢?

(二) 对于社会黑暗势力的奋斗

人类社会上的黑暗罪恶,是人类兽性黑暗方面的总汇结晶,中国社会历时已久,其中黑暗势力格外深浓雄厚,有如年代久的大家庭,其中黑幕重重,不可向迩,我们身入其间,若不改变我天真的人格,戴一副面具,与他同流合污,是不能生存其中的。我们纵然心中想练守自己的纯洁人格,以为心中自有把握,可以同流而不合污，殊不知既身入其内，潮流所逼，不转瞬间就要归于同化，自己还不觉得。我曾看见几个天真可爱的青年，身入社会周旋，三五年间就卷入旋涡，陷入逐流忘返、嗜欲浓厚、闲手无聊、鄙俗可厌的状态，我见了大吃一惊，才知道社会黑暗恶习势力的伟大，我们这种纯洁坦白、毫无经验的青年，要想保守清明，涵养我们天真纯洁的根性，是很不容易的，除非是高蹈远引脱离这恶浊社会。但是这种消极遁世的办法又不是我们现在青年所应有的。所以我们现在唯一的办法就是联合全国纯洁青年组织一个大团体，与中国社会上种种恶习惯、恶风俗、不自然的虚礼谎言、无聊的举动手续、欺诈的运动交际，大起革命，改造一种光明纯洁、人道自然的社会风俗，打破一切黑暗势力的压迫，我们才能有一种天真坦白、新鲜无垢的新生活。我觉得这一种社会革命比社会经济革命还重要，因为经济上的黑暗势力，不过压迫我们的物质生活，而社会习俗上的黑暗势力简直要征服我们的精神，取消我们的人格，我们若不消灭精神，隐藏人格，就不能同这种黑暗习俗相周旋，就要被淘汰，我觉得这种精神人格上受征服，实在比物质肉体上受压迫还痛苦百倍呢。我们须先联合一致同它奋斗，保存我们的人格，然后再奋力打破社会上一切不合理、不自然的状况，消除一切欺人的偶像，废除一切不合时宜的制度风俗。但是我们这种对于社会黑暗势力的奋斗生活，也是极剧烈、极危险的,若一失败,不是被它征服,丧失人格,就是流入消极悲观,抱厌世主义。所以我们先要预备个奋斗的基础,再预备奋斗的器械。我们奋斗的基础就是我们自己高尚纯洁的人格、坚韧不拔的意志、奋斗牺牲的精神;我们战斗的器械,就是我们精明真确的学术、热忱真挚的气概、深远稳健的手腕,不是浮躁盲动,也不是轻率取巧;我们一方面战胜自己心中的黑暗,为自己造光明,一方面战胜社会的黑暗,为社会造光明,积极进行,至死不懈,以造成光明雄健的"少年中国"。

这是我拟想现在中国少年应有的奋斗生活。但是奋斗还是偏于消极的抵抗,不是积极的建设,我们日时还要创造新人格与新文化,才能有新生活与新社会。奋斗与创造,如鸟之双翼、车之双轮,绝对不能偏重的。不奋斗,不能开创造的事业;不创造,不能得奋斗的基础。所以我还须将我们青年创造生活的内容略写出来与诸君商榷。

二、中国青年的创造生活

(一)对于小己新人格的创造

我们人类生活最初的责任,就是发展我们小己的人格。什么叫人格？古来学者对于人格的定义各有不同，我这篇所说的人格就是维斯巴登（Wiesbaden）所言："人格也者，乃一精神之个体，其一切天赋之本能，对于社会处于自由的地位。"总之，人格就是我们人类小己一切天赋本能的总汇体。我们的天赋本能是应当发展的，是应当进化的，不是守陈不变的。我们做人的责任，就是发展我们健全的人格，再创造向上的新人格，永进不息，向着"超人"的境界做去。我们对于小己的智慧要日进于深广，对于感觉要日进于优美，对于意志要日进于宏毅，对于体魄要日进于坚强，每日间总要自强不息。对于人格上有所增益，有所革新，才不辜负这一天的生活。我们每天的生活就是对于小己人格有所创造地生活，或是研究学理以增长见解，或是流连美术以陶冶性情，或是经历困厄以磨炼意志，或是劳动工作以强健体力，总使现在的我不复是过去的我，今日的我不是昨日的我，日日进化，自强不息，这才合于大宇宙间创造进化的公例。本来我们的人格也要适应世界的潮流，体合社会的环境。譬如，中国政治改为民主，我们以前的贵族思想与阶级思想就不应当存在了；现在我们的自强精神、互助精神、自由思想、平等思想，比以前更加重要了。所以，我们对小己实负有时时创造新人格的责任。我以为我们创造小己人格最好的地方就是在大宇宙的自然境界间，我们常常走到自然境界流连观察，一定于我们的人格胸襟很有影响。自然界的现象本是一切科学的基础，我们常常观察水陆的动植的神奇变化，山川云雨的自然势力，心中就渐渐得了一个根据实际的宇宙观。自然界的美丽庄严是人人知道的，日间的花草虫鱼、山川云日，可以增长我们的神思幽意，夜间的星天森严、寥廓无际，可以阔大我们的心胸气节，至于观察生物界生活战争的剧烈，又使我们触目惊心，启发我们大悲救世的意志。我们身体在自然界中活动工作，呼吸新鲜空气，领略花香草色，自然心旷神怡，活泼强健了。所以，我向来主张我们青年须向大宇宙自然界中创造我们高尚健全的人格。有人说，我们创造人格的方法是在社会中奋斗。这话也有理由，但是我们还是要先在自然界中养成了强健坚固的人格，然后才能进社会中去奋斗，否则我们自己人格上根基不固，社会上黑暗势重，我们就容易堕落于不知不觉间了，并且就是在社会上奋斗的时候，也还须常常返到自然境界中宁息身心，储蓄能力，得点静的修养，才能挟着新鲜的空气、清新的精神，重进社会，继续这猛勇的奋斗与创造。这是我对于青年创造人格的意见。我记得德国诗人歌德（Goethe）有一句诗说："人类最高的幸福就是人类的人格。"这话很有深意。但是，我以为"人类最高的幸福在于时时创造更高的新人格"。

（二）对于中国新文化的创造

社会组织时时在迁流中，社会文化亦时时在变动中，社会如体，文化如衣，体态若变，衣形自更，所以自古以来没有恒长不变的社会组织，也没有永远守旧的社会文化。社会组织与社会文化都是人类体合自然环境而创造的，时代变迁了，环境改易了，社会的组织与文化都要革故呈新，才能适应，才能进化。譬如，中国旧文化中有适宜于君主政体的，现在当然不能用了；有适应于闭关时代的，现在更不能保存了。但是现在旧文化既有许多不适用的，新文化又未产生，于是，中国陷于文化恐慌状态，旧学术消沉，新学术未振，旧道德堕落，新道德未生，一切物质文化及政治状况、社会状况皆是一种不新不旧、不中不西的形式。若长此以往，历时愈多，中国文化愈落愈甚，恐怕陷于不可恢复的境地。所以我们青年实负有创造中国新文化的责任。但是，文化是全体民族的事业，不是几千几百青年学者所能创造的，我们不过尽我们创新指导的责任罢了！还须全国国民一致奋进，才能达到新文化的实现。

我们"少年中国"的新文化怎么样创造呢？我以为我们须先设想这新文化的内容，做个目标，再研究这新文化创造的方法。

我们设想新文化的内容，又须先明白这文化概念的意义。（中国人发阐学理与主张，往往不是将概念意义解释明白，所以文理茫昧，易生误会，吾等须改此病。）什么叫文化？古来学者对文化概念的定义亦不一致。我这篇所说文化的意蕴是近代一班社会学家所公认为文化概念的广义，即"文化也者，乃人类智力战胜天行，利用自然质力增进人类生活（物质、精神、社会三方生活）"。所以，文化是人所创造，不是天运所生，又是时时进化，不是守陈不变。我们创造新文化是可能的事业，是应尽的责任，现今社会学家分文化内容为三大部分，我们要创造新文化，也须从这三方面同时进行。

1. 物质文化

物质文化就是人类利用自然界材料制造人类实际生活所需用之物品，如衣服、居室、器械、舟车、桥梁、街道等类。中国现在的物质文化远不如欧美，是人人知道的，但是中国地大物博，天产宏富，物质文化的材料已经有了，所缺少的就是利用这天赋资材，以创造物质文化的学术与效力。欧洲近代物质文化的基础是自然科学，我们要创造中国的物质文化也是须从研究科学入手，取法欧西，应用科学法则，依据实际生活，创造适宜中国民生的物质文化，使中国全体国民生计充裕，然后一切精神文化与社会状况才能发展进化。物质文化是一切高等精神文化的基础,非常重要,中国的旧学者每每轻视物质,是很谬误的,以致中国物质文化千余年来没有进步,农器工具依然是千年古物,街道居室依然逼窄污暗、不合卫生,工艺实业全不发达,偌大的土地,偌大的天产,还要年投饥荒,民不聊生,这不是物质文化未良善的缘故吗?所以我希望我国的青年学者对于中国的物质文化也要十分注意,若没有物质文化的基础,我们所理想的精神文化是不能尽致发展的。我们现在发展中国物质文化的方法,就是取法欧西,根基科学,还要有创造的能力,发阐东方闳大庄丽的精神,此事重在实行,故无多说。

2. 精神文化

精神文化的产品就是学术、艺术、道德、宗教。中国精神文化发达甚早,周秦之际已造诣甚高,但进步太迟,已为欧西所超越。有人反对此言,以为中国精神文化极高极古,不在欧洲之下。我也承认,但是他意中所说的精神文化的产品,不是真正的精神文化。中国古代精神文化的产品,如学术文章、艺术伦理,自然有很高的价值,不在当时欧洲希腊、罗马之下;但是,这种古代精神文化的遗迹,不能代表中国现在的精神文化。中国现在的精神文化，比较欧美，实在不如，学术上没有他们的精确真实、幽深玄远，直造形上至精、至微之域。[1] 我们现在对于中国精神文化的责任，就是一方面保存中国旧文化中不可磨灭的伟大庄严的精神，发挥而重光之，一方面吸取西方新文化的菁华，渗合融化，在这东西两种文化总汇基础之上建造一种更高尚、更灿烂的新精神文化，做世界未来文化的模范，免去现在东西方文化的缺点、偏处。这是我们中国新学者对于世界文化的贡献，也是中国学者应负的责任。因为现在东西方文化都有缺憾，是人人晓得的，将来世界新文化一定是融合两种文化的优点而加之以新创造的。这融合东西方文化的事业以中国人最相宜，因为中国人吸取西方新文化以融合东方，比欧洲人采撷东方旧文化以融合西方，较为容易。以中国文字语言艰难的缘故，中国人天资本极聪颖，中国学者心胸思想本极宏大。若再养成积极创造的精神，不流入消极悲观，一定有伟大的将来，于世界文化上一定有绝大的贡献。这是少年中国

---

[1] 原文此处有释义，内容为："中国人只知欧西学精，岂知他们的高深哲学的精髓，已超过中国诸子。如康德哲学已到佛家最精深的境界，并且根据算学物理，有科学的价值，不是佛学的直觉。中国儒学虽有不可磨灭的地方，但是，国民实际道德实不足夸，公德心不及欧人是最显见的。中国现在艺术更不必言，连东邻岛国都不如了。所以我说现在中华民族间实际的精神文化已为欧洲所超越。"现此部分内容作为注释内容。——编者注

新学者真正的使命、真正的事业，不是提倡一点白话文字、介绍一点写实文学就了事的。我们青年学者现在进行的方法，就是先于各种自然科学有彻底的研究，以为一切观察思考的基础，然后于东西古今的学说思想有严格的审查，考察它科学上的价值，再创造一种伟大庄闳，根据实际的宇宙观及人生观，做我们行为举动的标准，不是剽窃一点欧美最近的学说或保守一点周秦诸子的言论就算是中国的精神文化，我们还要刻苦地奋斗，积极地创造，数十年后，中国或者才实现一点新精神文化的曙光。照现在的现状，实在还无精神文化可言（学术、艺术、道德无一足算）。中国古文化中本有很精粹的，如周秦诸学者的大同主义（孔子）、平等主义（孟子）、自然主义（庄子）、兼爱主义（墨子），都极高尚伟大，不背现在世界潮流的，大可以保存发扬的，但是，它们已经流风久歇，只深藏在残篇旧籍中间，并不真正存在民族精神思想里了。至于欧学，输入未久，本无可言。不但真正的科学得有发展，就是科学严格的法则、客观研究的精神，还未曾深入中国新学者的脑筋，中国遗传的文人头脑，尚未曾改作科学的头脑，提倡新学的还是偏于文学方面，于科学方面，无新发扬，一班青年也还是欢迎文学的多，对于科学没甚趣味。这是过渡现象，不能深责，但是以后我们要改良了，对于一切学术事理，皆要取纯粹客观、注重实证的态度，基础西方科学严格的精神，利用东方天才直觉的能力（直觉本无害，唯偏于直觉而无科学分析眼光，就有弊了。直觉本是世界一切大理论、大思想产生的渊源，不过直觉之后要有实际的取证，不可流于空论玄想，我所以反对的是纯粹直觉主义，不是反对东方伟大的直觉才能），阐发世界真理，建造新学术、新艺术、新伦理、新宗教，以造成中国的新精神文化。我们所谓新，是在旧的中间发展进化、改正增益出的，不是凭空特创的，勿要误会。其实现在所谓欧美新文明对于我们理想的新文化又算是旧的了。中国旧学说、旧道德、旧艺术中，实有很多精华不可消灭的，我们创造新文化正是发挥、光大这种旧文化，加以改正增益而已。譬如，中国旧道德中最注重知行合一，我想这种道德是不能反对的，徒知而不行，或盲行而不知，总不能说有道德价值，所以我们所谓新，即是比较趋合于真理而已。学术上本只有真妄问题，无所谓新旧问题。我们只知崇拜真理、崇拜进化，不崇拜世俗所谓创新。古代发明的真理，我们仍须尊重，现在风行的谬说，我们当然排斥，学者的心中只知有真妄，不知有新旧，望吾国青年注意于此，凡事须处于主动研究的地位，勿趋于被动盲从的地位。我们全副精神须在于"进化"，不是在于世俗所谓"新"，世人所谓新，不见得就是"进化"，世人所谓"旧"，也不见得就是"退化"

（因人类进化史中也有堕落不如旧的时候）。所以，我们要有进化的精神，而无趋新的盲动，我们融会东方旧文化与西方新文化，以创造一种更高的新文化，是为着人类文化进步起见，不是为着标新立异。但这问题非常重大，非常繁难，须集合东西无数学者，竭数十百年的心力或能解决一二，岂我今日所能发挥？不过请吾国青年注意于此、致力于此罢了。

3. 社会文化

社会文化就是社会一时代的政治组织与经济组织。社会状况时时变迁，政治组织与经济组织也时时革新。世界各国的政治自独夫专制改成君主立宪，又由君主立宪进成民主政体，数十年间变更已多，世界经济组织亦正在大变动中，未知所属。我们中国虽称民主政体，本是极合世界政治潮流，但是有名无实，国民的言论自由都不能发展，真是中华民族的大耻辱，贻笑世界。人说是中国人道德智识程度不够，我想也是这个原因，因为中华民族愚惰懦弱，所以才产生这种专制独断的军阀官僚，如果国民有独立自治的天性，崇尚自由的思想，威武不能屈，利害不能动，深知世界潮流，了解民主真谛，军阀官僚一定不能生存在这20世纪的中国。我们"少年中国"青年对于中国政治没有别的方法，还是从教育方面去健进国民道德智识的程度，振作独立自治的能力，以贯彻民主政体的精神，这虽是老套常态，却还并没有人去做。我们如果去实行，虽是老生常谈，也有价值。中国的经济组织虽不致有欧洲的剧烈的变动，但照国民的贫困劳苦来看，总不能说是已经良善，无待革新的。至于革新的方法，须我们细心研究，大家讨论，不是我今天所能说的。

以上是我拟想中国现代青年应有的奋斗生活与创造生活，这奋斗创造最后鹄的，就是建立一个雄健文明的"少年中国"。这"少年中国"的肉体已经有了，就是这数千年的"老中国"的病躯残骸，我们现在只要创造一种新生命、新精神，输入这"老中国"病体里去起死回生，就是我们的"少年中国"出现了。但是要快快着手，莫待"老中国"断了气，就为难了。我们创造这新国魂的方法，就是要中国现在个个青年有奋斗精神与创造精神，联合这无数的个体精神汇成一个伟大的总体精神，这大精神有奋斗的意志，有创造的能力，打破世界上一切不平等的压制侵掠，发展自体一切天赋，才能活动进化，不是旧中国的消极偷惰，也不是旧欧洲的暴力侵掠，是适应新世界、新文化的"少年中国精神"。

读书与自动的研究[1]

我们的思想、见解、学识，可以从两个源泉中得来：（一）从过去学者的遗籍；（二）从社会、人生与自然的直接观察。第一种思想的源泉叫作"读书"，第二种思想的源泉叫作"自动的研究"或"自动的思想"。这两种思考源泉孰优孰劣，是我今天所想讨论的问题。

读书，是把古人的思想重复思想一遍。这中间有几种好处，就是：（一）脑力经济：古人由无数直接经验和研究得来的有价值的思想，如科学中的种种律令，我们可以不费许多脑力，不费许多劳动就得着了。这不是很经济吗？（二）时间经济：古人用毕生的时间得着的新发现，像开普勒的行星运行律令，我们可以在一点钟的时间内就领会了，这不是很经济的吗？所以"读书"确有很大的价值，

---

[1] 原文刊载于《时事新报·学灯》（1920年4月7日）。——编者注

我们不能不承认的。但是它也有很多的流弊，我们不可不知道，不可不预防。流弊中最大的危险，就是我们读书读久了，安于读书，习于以他人的思想为思想，渐渐地把自己"自动研究""自动思想"的能力消灭了。关于这一层我记得德国哲学家叔本华说得极透彻，我就把他书中的话，暂时代表我的自动的研究贡献诸君。

叔本华说：读书是拿他人的头脑，代替自己的思想。读书读久了，当会使自己的思想不能成一个有系统的、自内的发展。我们的头脑中充满了许多外来的思想，这种外来思想纷呈堆积，东一块、西一块，好像一堆乱石；不比那由我们自己心中亲切体验发展出来的思想，可以自成一个有生气的、有机体的系统。我们既常常以他人的思想为思想，以读书为唯一的思索的时间，离了书本，就茫然不能思索，得了书本，就如鱼得水，这种脑筋是没有用了，至多不过是一个没有条理的藏书楼。所以，我们要直接地向大自然的大书中读那一切真理的符号，不要专在书房中，守着古人的几篇陈言。我们要晓得古人留下来的书籍，好比是他在一片沙岸上行走时留下来的足印。我们虽可以从他这足印中看出他所行走的道路与方向，却不能知道他在道路上所看见的是些什么景物，所发生的是些什么感想；我们果真要了解这书籍中的话，获得这书籍的益，还是要自己按照这书籍所指示的道路，亲自去行走一番，直接地看这路上有些什么景物，能发生些什么感想。（按：叔本华这个譬喻，同庄子的糟粕与菁华的譬喻有点相似，且更觉亲切。）

所以叔本华并不是绝对地反对读书，他自己读书之多，在欧洲学者中要算得上很稀少的。不过他极力鼓吹自动地观察，自动地思想。他还有个譬喻说得好，他说书籍中的知识，譬如武士的盾甲，一个强有力的武士，运用沉重的盾甲，可以自卫，可以攻战；一个能力薄弱的人担负了一身沉重的盾甲，反而不能行动了。所以天才能多读书而不为书籍学问所拖累；普通人多读了书，反而减少了常识，对于社会、人生、自然失去了亲切的了解，只牢记得些书本中的死知识，不能运用，不能理解。

以上我引了叔本华书本中的几句死话。他这话对不对，还要我们亲自去看。不过人家要问我：我们不去专读死书，又怎么样呢？我们怎样去自动地研究，怎样去自动地思想呢？我必答道，我们自动的研究也要有方法、有途径。不是盲动的、乱动的，乃是有条理、有步骤的活泼有趣的动作。这种动作是什么？这种动作就是科学方法的活动研究。这种活动就是走到大自然中，自动地观察、自动地归纳。从这种自由动作中得来的思想，才是创造的思想，才是真实的学问，才是亲切的知识。这是一切学术进步的途径，这是一切天才成功的秘诀。这个途径不唯近代大科学家如是，就是古代天才的思想家也是如此。就看中国周秦时的庄子，我们从他的书中，可以知道他每天并不是坐在家中读死书，他是常常走到自然中观察一切、思想一切，到处可以触动他的灵机，发挥他的妙想。他书中引用自然间现象做譬喻的非常之多。以他那种爱在自然中活动，又富于伟大的理解能力，若生于现在，知道了许多科学实验的方法与器具，不也是一个大科学家吗？但是他所得的结果也已经不小了。以我所知道的中国哲学家看来，创造的思想之丰富，恐怕要推庄子第一。

庄子是中国学术史上最与自然接近的人，最富于自动的观察的人，所以也是个最富于创造的思想的人。我们模仿他的学者人格，再具有精密的科学方法，抱着丰富的科学知识，向着大自然间，做自动的研究，发挥自动的思想，恐怕这神秘万方的自然，也要悄悄地告诉我们几件未曾公开的秘密呢！

读柏格森"创化论"杂感 [1]

现代哲学大半是根据心理学发阐的。柏格森 [2] 也是如此。他哲学的中心"绵延"一观念就是从心理现象上建立的观念。他从这心象的"绵延创化"推断生物现象的"绵延创化"以至于大宇宙全体的绵延创化。这是柏格森的哲学方法。他所说的"直觉"就是直接体验吾人心意的绵延创化以窥测大宇宙的真相。心理学本是直接经验的学科（Wande 所说）。柏格森注意直觉，就是教人注重吾人直接经验的心意现象，这心意现象"绵延创化"是他哲学的基础。

---

[1] 原刊于 1919 年 11 月 12 日《时事新报·学灯》。署名樵。——编者注
[2] 柏格森（Henri Bergson, 1859—1941）：法国哲学家、作家。主要著作有《形而上学论》《论意识的即时性》《创造进化论》等。1927 年，凭借哲学著作《创造进化论》获得诺贝尔文学奖。——编者注

柏格森说"本能知识"深透而不概括,"智慧知识"概括而不深透,此话极精。哲学的知识就是以本能直觉化成智慧概念。科学家偏于智慧推理的知识,诗家偏于本能直觉的知识。哲学家大半会融合科学家及诗家的天资。如中国的庄子,近代德国的费希勒(Fechner)[1]等。其实古来天才的知识皆是如此。天才所创造的思想与发明大半是由一种茫昧的冲动,无意识的直感,渐渐光明,表现出来,或借学说文章,或借图画美术,使宇宙真相得以显示大众,促进人类智慧道德的进化。

叔本华说"天才的思想常常在画境中"。他的哲学文字颇含画意(托尔斯泰说叔本华那本杰作《世界唯意识论》就是一幅世界图画)。柏格森的文章也颇含画境。本来这心界现象最难捉摸,唯借图画以描写之。佛家唯识书中写"八识"境界亦多用画境,如"恒转如暴流"等话。德国哲学家郎格说:"哲学是宇宙诗",也含此意。盖图画美术是一种直接表示宇宙意想的器具,哲学用文字概念写出宇宙意想,如柏格森、叔本华等写的书,也可以说

---

[1] 费希纳(Gustav Theodor Fechner,1801—1887):德国物理学家、哲学家、心理学家,实验物理学的创始人,实验心理学的奠基人之一。主要著作有《心理学物理学纲要》《美学初探》《论心理物理学》等。——编者注

是一种美术,近代哲学名著很多文字优美的,如罗怡[1]的《小宇宙》,费希勒的《实现世界中寻非实现世界》,都是有美术兴味的哲学书。所以这"宇宙诗"同"宇宙图画"正是近代哲学的佳譬。

柏格森的创化论中深含着一种伟大入世的精神,创造进化的意志,最适宜做我们中国青年的宇宙观。

柏格森哲学即是从心理学、生物学上建立的(欧洲现代哲学皆是如此)。我们也须先有生物学、心理学的研究才能真了解他。我们中国学者应多注意这两种科学,才能深入欧美现代的哲学。

柏格森书中有一句极精的话,就是说"人类智慧具有机器观之天性"。近代科学总想将一切自然现象归纳到机械现象。物理学家才想将声、光、电、热、磁、力学,归纳到机械学,用机械律令解释一切,推断一切,以致生理心理学的现象,都想拿机械观去观察它。实是因为机器观是我们智慧的天性。机械学的知识有必然性与普遍性,使我们一见了解,方得无可怀疑,决定如是,如数学几何。它本即是康德所说的"先天知识"。康德所说先天知识如空间、时间、因果、物质等观念,本是机械学的根本观念。

---

[1] 罗怡(Rudolf Hermann Lotze,1817—1881):现通译为洛采。德国心理学家、哲学家。赫尔曼·洛采被视为现代西方价值哲学的创始人,他曾受到费希纳、韦伯、黑格尔、赫尔巴特和很多自然科学家的影响。主要著作有《形而上学》《小宇宙》《德国美学史》等。——编者注

康德所说含有这种先天知识的"纯智",正是柏格森所说的具有机器观天性的智慧了。近代科学的宇宙观倾向机械观,想用机械律概括一切现象,以致堕入机械唯物论,就因为机器观是我们人类智慧中本具有的一种趋势,是先天的认识作用。我们对于机械学的智识最为明了,最为决定,用不着多少实地试验就可理推而知,如数学几何(数学几何是物理学的基础科学)。机械学既多含人类的先天知识,一般科学自然有机械观的倾向了。康德的功劳就是从根本上推求这机械观的知识是主观的认识作用,不是超出主观的客观存在。柏格森的意想关于这一层同康德很符合。机器观同究竟观(即目的观)虽似相反,实不能相离。一个机器总有一个目的(用途)。我们要真懂这机器的结构与作用,不可不先知它的目的用途。一个机器若丝毫不含有目的,就不会如此构造,它的作用也没有个方向。所以纯粹机器的宇宙观(像十八九世纪唯物派所说)是绝不能成立的。这是机器观不能脱离究竟观的缘故。因这机器作用必有个方向,这方向就是它的目的究竟。但是宇宙自然的机器(如生物体)与人为机器有区别。人为机器的目的是存在造机器者的思想中。自然机器的目的完全不曾存在一个智虑内。既没有造物上帝计划一切,也不是生物自己由思虑计度而后构造,乃是自然的、无意识的求生意志,冲动表现。但是我们观察它的构造及作用都有目的方向，不能说是纯粹无目的的机械作用。所以纯粹的机器观是不能建立的，因为它所取譬的机器就是有目的有究竟的。纯粹的究竟观也不能建立，因为达到这目的的方法途径就是机械作用。一个目的不是一思想就实现的。（除非是纯粹的思想事业，如解答一个算学问题。）要达到这目的还要凭仗物质的机械（现生物界现象）。所以机器观与究竟观同出一源，不能相离，同是人类智慧的天性。近代欧洲哲学同此问题大起争端，显分两派，实在无谓。柏格森解说得极好，康德也有同样的意见，他说我们的知识对于有机现象有两种观察与理解：一是机械因果的理解法，一是目的究竟的理解法，这两种理解都是根于人心，不可偏异的。

团山堡读画记 [1]

前年盟军攻占罗马后,新闻记者去访问隐居在罗马近郊的哲学家桑达耶那(Santayana)[2]。一位八十岁高龄的老人,仍然精神矍铄地探索着这人生之谜,不感疲倦。记者问他对这次世界大战的意见。罗马近郊是那么接近炮火的中心。桑达耶那悠然地答道:"我已经多时没有报纸了,我现在常常生活在永恒的世界里!"

什么是这可爱可羡的永恒世界呢?

我这几年因避空袭——并不是避现实——住在柏溪对江大保附近的农家,在这狂涛骇浪的大时代中,我的生活却像一泓池沼,只

---

[1] 原文刊载于《大公报》(1945年11月4日),原题为《团山堡两日游——9月26日、27日日记》。——编者注

[2] 桑达耶那(George Santayana,1863—1952):现通译为桑塔耶那。哲学家、美学家、文学批评家。原籍西班牙,生于马德里,后移居美国。主要著作有《美感》《艺术中的理性》等。——编者注

照映着大保的松间明月、江上清风。我的心底深暗处永远潜伏一种渴望，渴望着热的生命、广大的世界。涓涓的细流企向着大海。

今年一个夏晚，司徒乔卿兄突然见访。阔别已经数年了，我忙问他别后的行踪。他说他这几年是"东南西北之人"，先到过中国的东南角，后游中国的西北角，从南海风光到沙漠情调，他心灵体验的广袤是既广且深，作画无数。我听了异常惊喜。我说我一定要来看你的创作，填补我这几年精神的寂寞。到了9月26日，我同吴子咸兄相约同往金刚坡团山堡去访司徒乔卿兼践傅抱石兄之宿约。不料团山堡四周风景直能入画。背面高峰入云，时隐时现，前面一望广阔，而远山如环，气象万千，不必南海塞北，即此已是他的"大海"了。入夜松际月出，尤为清寂。抱石来畅谈极乐。次晨，即求乔卿展示所作。因有一大部正副装裱，未获窥及全豹，颇为怅怅。然就所见，已深感乔卿兄视觉之深锐，兴趣之广博，技术之熟练，而尤令我满意的，是他能深深地体会和表现那原始意味的、纯朴的宗教情操。西北沙漠中这种是最可宝贵、最可艳羡的、笃厚的宗教情调，这浑朴的元气，真是够味。回看我们都会中那些心灵早已淘空了的行尸走肉，怎能不令人作呕！《晨祷》《大荒饮马》《马程归来》《天山秋水》《茶叙》《冰川归人》等，他们的美，不只是在形象、色调、技法，而是在这

第三章 积极的工作

一切里面透露的情调、气氛，丝毫不颓废的深情与活力。这是我们艺术所需要的，更是我们民族品德所需要的。所以我希望乔卿的画展，能发生精神教育的影响。

但乔卿既能画热情动人、活泼飞跃的舞女，引起我对生命的渴望，感到身体的节拍；而他又画得轻灵似梦、幽深如诗的美景，令人心醉，其味更为隽永。大概因为我们是东方人吧，对这《清静境》，对这《默》，尤对那幅《再会》，感到里面有说不尽的意味。画家在这里用新的构图、新的配色，写出我们心中永恒的、最令人深刻的音乐；在这里，表面上似乎是新的形式，而骨子里是东方人悠久的世界感触。在这里，我怀疑乔卿受了他夫人伊湄的潜移默化，因为这里面颇具有伊湄女士所写词集中的意境。据说伊湄女士是司徒先生每一创作最先的一个深刻的批评者。

我在团山堡画室里住了两夜，饱看山光云影、夜月晨曦，读乔卿的画、伊湄的词。第二天又去打扰傅抱石兄，欣赏他近年作品和品尝其夫人的烹调。一件意外的收获，就是得到一册司徒圆（乔卿的长女）从四岁到九岁所写的小诗，加上抱石兄的同样年龄的长子小石的插画，册名《浪花》，是郭沫若兄在政治部"四维"小丛书里出版的。这本小书里洋溢着天真的灵感，令人生最纯净的愉快。司徒圆四岁半在沪粤舟中写第一首小诗：

> 浪花白,浪花美,
> 朵朵浪花,朵朵白玫瑰。

天真的想象、天真的音调、天真的措辞,真是有味。又《大海水》一首:

> 大海水,真怪气,
> 雨来会生疮,风来会皱皮。

又《大雨》一首:

> 大雨纷纷下,
> 树木都很佩服它,
> 树木不停地鞠躬,
> 把腰弯到地下。

这里是童真的世界。这童真的世界是否就是桑达耶那所常住的永恒世界呢?

关于"表现自我"的答记者问

××问:"您如何看待'表现自我'的理论?"

宗先生:"对于'表现自我'的理论,我们需要问一问你表现的是什么样的自我。究竟什么是你的'自我'?每个人有每个人的理解,每个人有每个人的'表现'。从反面看,表现自我不是写实,而是表现主观。但艺术家主观方面是无穷无尽的,每个人有每个人的表现。你说你的作品表现了'自我',别的人是否也欣赏你这个自我,就很难说了。各地方有各地方的自我,每个人有每个人的自我。艺术不仅要'表现自我',还要'表现'客观规律。"

××问:"'表现自我'的理论牵扯到对现代派艺术的看法问题,您能否发表些意见?"

宗先生:"现代派艺术不能一概否定,如毕加索。但毕加索原来写实的基础很好,后来搞的立体派都是在原来基础上发展起来的,所以才有新意、新境界。现代派艺术的产生一部分原因是人民不满足艺术，专门走一条固定不变的道路，当时对写实的东西，大家厌倦了，要寻找新的东西。怎样寻找，各地方不一样，意大利有意大利的搞法，法国有法国的搞法，尤其是德国用狂飙的精神来搞一些稀奇古怪的东西。但这都像一阵风似地吹过去，站不住脚。

"这种现代派的东西，中国受影响好几十年，也没有拿出什么成功的东西，没有能使广大群众接受。"

××问："您对艺术的创新有何想法？"

宗先生："我不反对创新，旧东西大家厌倦了，可以寻找新路。但这不是容易的事。毕加索的作品受古代传统文化影响很深，不是完全胡搞。但有一些'表现自我'的艺术，群众莫名其妙，不感兴趣。有人讲，群众不懂没关系，但你创作出的东西为了什么？这些人嘴里这样讲，心里还是希望别人理解，让人看懂。刘海粟最早也提倡新派，但前些日子我去看他的展览，发现他晚年作品都很写实。徐悲鸿始终写实，对现代派不感兴趣。这都同中华民族传统有关。悲鸿认为外国资本家不懂艺术，新奇就好，能赚钱就好。

"60年前，我在法国和德国就看过那些现代派的画，那些艺术家以为他们的作品让人看懂了就不稀奇。我当时只感觉这些东西新奇，但也看不懂。现在那些新奇的东西，也变成陈旧的了。但我对现代派的看法还是自由的,可以允许画家按照自己的想法去画。真有本事的人,中国老百姓看得出来,那线条就与众不同。中国人是很现实的,很健康的,不容易上当受骗。如果有些人追求一些稀奇古怪的东西,自然会自生自灭。"

我对于新杂志界的希望[1]

我常听人说,现在的新杂志出得太多了,一班新青年应当分工去做别种的文化事业,不必尽来办杂志。这句话我有一半赞成,就是新青年应当分工做各种文化事业,如翻译丛书、介绍名著以及艺术的运动等类。但是说杂志出得太多了,我以为还是要审察一下。我看我们之所以觉得新杂志出得太多,并不真正是"量"上的问题,乃是"质"上的问题。

中国这样大,国民这样多,就刊行几百本杂志做新文化的指导、新学术的介绍,实在也不能算多。我们现在对于它们有些嫌多的原因,还是因为它们的"质"上太觉得雷同一律了。

我们把新出版的杂志看看,总觉得千篇一律,内容相同,体裁

---

[1] 原文刊载于《时事新报·学灯》(1920年1月22日)。——编者注

相同，很难寻着有特殊的精神、特殊的目的，发挥一种专科的学术或研究一种特殊的主义，解决一种单个的问题，对于社会有一种特别的贡献的。

这种现象在新文化运动的初期，当然是不能免的。这好像是原始生物的时期，还没有复杂的分工。但是我们的目的总是要向着分工的一途（进化的一途）做去。

我希望以后的新出版品，每一种就有一个特别的目的、特别的范围。譬如，专门研究介绍哲学的，就出一种"专家研究"的杂志；专门研究妇女问题的，就出一种"妇女问题"的杂志；专门研究发挥马克思主义的，就出一种"马克思研究"的杂志。而外界著文投稿的也就按他论文的内容分别向各种杂志投寄。看杂志的人买了一种杂志就得一种实在的贡献，不像现在许多的杂志，买了它嫌它雷同，不买它又觉缺憾。

这杂志分工的办法，还有一种好的结果，就是那出一种专门杂志的编辑者，渐渐地就会组成一种——学术、问题或主义的——专门研究的团体。可以渐渐组成一个"学社"。社会上就添了一个有组织、有力量的文化运动的机关。

所以我希望以后办杂志的学者，总要先标定一个目的，划定一个范围，对于社会有一个切实的贡献。最好是认定一种学术或问题，做专门的研究、专门的介绍。依我现在一时的见解，我们以后可以出以下的各种专门杂志：

（一）各种学术的专门研究。各种的科学、哲学杂志（哲学中又可以出"专家研究"，如柏格森研究、杜威研究之类）。

（二）各种社会问题的专门研究，如妇女问题、劳动问题等类。

（三）各种艺术问题的专门研究，如文学、诗学、图画等类，及诗人文豪的专家介绍。

（四）各种社会主义的专门研究，如"马克思研究"等类。

这是我一时感想，一定还不周备，不过我的意思，就是希望以后的杂志界不要专重在"量的加增"，还要同时注重"质的差别"，这才是进化的现象。因"分工"就是"进化"最大的表示。

歌德、席勒订交时两封讨论艺术家使命的信[1]

德国两位最大诗人歌德与席勒之结为好友并成为十年长期创作的伴侣,是德国文学史上一件奇异而有趣又含有极大意义的事件。歌德在年龄上比席勒长十岁,人生经历与艺术经验的丰富,远非席勒所能及。他从火热的狂飙运动已经走向清明在躬的古典主义。希腊艺术的观摩与自然科学的研究,使他对整个自然与人有了轮廓清楚的客观认识。而自己的创作也趋向清明合理、静穆伟大、高贵单纯的风格,而这时的席勒方以《强盗》剧本震撼着狂热青年的心。歌德厌恶着这种自己方始战胜克服的幼稚阶段。席勒的个性又适为一主观的理想主义的诗人,精研康德哲学,潜研美学理论,经验短

---

[1] 原收录于作者所编《艺境》未刊稿。席勒(Schiller,1759—1805),原译释勒。——编者注

少而思想丰富，处处与歌德的生活、兴趣、事业正相反。两人的接近与了解几乎是不可能的事，合作更是谈不上。然而，1794年间，席勒自己已由长期哲学的研究及对于文化艺术问题的思考反省，深深地了悟艺术创造的意义、目的及艺术家的道路与使命。他认为艺术创作是一切文化创造最基本、最纯粹的形式。它是不受一切功利、目的、羁绊，是最自由、最真实的人生表现。它替人生的内容制造清明伟大的风格与形式，领导着人生走向最充实、最完美、最自由的生活形态。所以，艺术与艺术家应该认识及负起文化上最高的责任与最中心的地位。

席勒这个艺术家的意象，他在歌德的全部生活的努力上发现了，他同歌德第一次长谈后更得着明了的概念。他写给歌德的第一封长信，不唯结算着歌德全部生活伟大的意义，并且也表示了他自己的目的与理想，在这两个共同点上，他们两个人可以合作了。

在这封长信里，他说明艺术家的歌德观照世界与创造世界的真精神及其使命。在歌德看来是"思想"不与"直观"及"物象"的分离。歌德的思想是一种"物观的"，充满着具体物象的意念。在这种思想的方式中，他总合着物象各部的元素而透入物象内部生长、活跃、创造的过程。从单纯的生命细胞了解着生命的演进以至于高级复杂的机构。因为他是要透彻这"创造中的自然"，所以不愿意割裂自然，将自然化作死的物质与机械，像近代科学家将田蛙肢解以求解释田蛙的生命，不知生命在肢解中已经死去了。歌德是用思想把握那全态的、活的生命及活的生命中间的定律。以逻辑去追捉生命，这是人类思想最困难而最伟大的举动，是一切哲学家所竞求而不能完全达到的理想。席勒在信里称之为"一个伟大的真正英雄式的理想"，就像 Achill 在 Pythia 与"不朽"中间选择了"不朽"一样！

歌德天生是希腊的心灵，他欲在宇宙的事物形象里观照其基本形式，然后以艺术的手段，表现于伟大纯净的风格中。设若歌德从幼年就生长在一个像希腊或意大利的朗丽的自然环境，包围在高贵的、理想化的艺术里，他将很容易地获得他所憧憬的伟大风格与生活形式。不幸（或者是幸而）他降生在暗淡朦胧、风景丑怪的北方，从小吸进这粗野的精神与空气。等到他后来发觉了这个天生缺憾时，他必须从后天理知方面去纠正它、克服它。然而，理知概念是不适合于艺术的创造，于是他又须从智慧退回情感，在情绪的净化与改进中创造新的人格、新的境界，才能完成高贵的、圆满的典型风格。这是歌德所走的，比希腊艺术家加一倍困难的路，然而，这也正是他的悲剧意味的伟大。

席勒将这个深刻的观察写在他致歌德的第一封长信中。无怪歌德仿佛得着一面镜子，影映着他自己生活道路的真实意义。以前的两人间的隔阂，涣然冰释，他愿伸出手来与席勒订交了。

……

我们现在试将这封长信及歌德的复信译出，不唯纪念这段文坛佳话，并借以了解歌德、席勒两人的人格与文艺理想。[1]

……

歌德、席勒在这两封信里，确定了两人友谊与事业合作的基础，不久，在9月4日歌德函请席勒到他所在的魏玛城去。从9月14日起席勒在歌德那里接连住了十天，在歌德的影响之下及合理的生活状态中，他身体健康了许多。他俩有无数次的谈话交换意见。席勒因着歌德的丰富的世界经验，他对世界人生也产生新见解与新关系。而歌德也因席勒哲学的头脑引起他对自己丰富观念的整理。他的《浮士德》，更有了较明晰的、哲学的贯串，成为一部思想宏富、代表近代人生的著作。在两人交谊的十年间（至席勒之早死），是两人创作最多、最伟大的时期，奠定了德国文学在世界文学里的永久地位。

---

[1] 参阅《歌德之认识》（南京钟山书局出版）及不久或可出版的席勒纪念论文集《争人类的极峰》（中德文化协会编印）。——作者注